U0947837

柠檬哀歌

レモンあいか

高村光太郎诗选

TAKAMURA
KOTARO

たかむらこうたろう

[日] 高村光太郎——著　尤海燕——译

北京联合出版公司
Beijing United Publishing Co.,Ltd.

雅众文化 出品

译者序

高村光太郎（1883—1956），日本近代著名雕刻家和诗人，雕刻家高村光云的长子。早年留学欧美学习雕刻艺术，回国后遭到以其父为代表的封建保守势力的阻碍，一时陷入了颓废自弃的境地。与长沼智惠子的相遇成为他人生的一大转机，使他重新回到人道主义的原点，作为“白桦派”的一员而十分活跃。展现这段心路历程的就是第一部诗集《道程》，前半写的是青春的苦恼和焦躁，后半因着与智惠子的相遇心境豁然开阔，而创作出了像《冬天来了》《道程》等追求自我实现的篇章。之后智惠子发狂直至病死，他深受打击。《智惠子抄》记录了两人相遇、结婚和智惠子发病、死去的过程，以及高村对她的无尽追忆，是一曲纯粹的爱的赞歌。虽然在战时成为“战争诗人”，但从战败前夜到其后的七年间，高村蛰居在岩手县花卷的山庄里静思反省，其收录在诗集《典型》里的《暗愚小传》20多首连作，集中体现了这种自我批判，《典型》也因此获得了1951年度读卖文学奖。

高村出身于雕刻世家，子承父业，可以说雕刻是他的宿命。但他很早就表现出了对文学的极大兴趣。雕刻家和诗人两种身份，在他，并不是一般所见的“互相促进和融合”的关系。他在《自己和诗的关系》一文中说，“我是为了保护雕刻才写诗的”“为了保持雕刻的纯粹，防止它夹杂别的成分，为了使雕刻独立于文学才写诗的”，将雕刻和诗截然区分开来。雕刻继承了其父的“匠人”精神，所以容不得半点感性和浪漫的成分，但他青春蓬勃的情感和苦恼必须有一个出口，这就是诗歌。不过对高村而言，日本传统的诗歌——和歌及俳句，并不能满足他的欲求。高村于明治三十九年（1906）年渡美，第二年赴伦敦，1908 年又去了巴黎。在巴黎他倾倒于波德莱尔，为他的“抛开自身全部存在的创作态度”所折服。这无疑是对他现代诗的启蒙。他于 1909 年 7 月回国，从 1911 年开始全身心地投入了现代诗的创作。

《道程》于大正三年（1914）十月出版，从内容上来说是一本“杂芜的诗集”，并没有一个一以贯之的主题。这其中装满了他甫回国时的痛苦、焦躁、愤怒、激情、郁闷、憧憬和情欲，是一团混沌的急速旋涡。形式上也多种多样，有激情迸发的高歌抒情，也有消沉忧郁的喃喃自语，还有精悍内敛的格言警句。造成这种复杂特征的原因，就在于他在巴黎得以开蒙的现代意识和国内现实的尖锐对立。这使得他不得不以一种极其孤立的姿态与国内的现状对峙。这在他战后所写的《暗愚小传》中的《巴黎》一诗中有集中的反映：“故乡遥远渺小又小气 / 就像吵闹的乡下 / 我在巴黎第一次悟出了雕刻的真谛 / 觉醒于诗的真实 / 从那里的每个平民身上 / 看到了文化的由来 / 我悲伤地感受到 / 无论如何都存在着的 / 天壤之别的文化落差 / 我一边怀念着 一边否定了日本的事物 / 日本这国家所有的一切。”

《道程》所收作品中，初期的《根付之国》用苛刻的笔触刻画出了“根付那样的脸”“呆若木鸡”“毫无自知之明，猥琐”“命贱、爱面子，安于现状”的丑陋不堪的日本人形象。初读之下，像是超然物外的崇洋媚外份子对日本的讽刺，但仔细品味会发现，字里行间不是蕴含着对祖国和同胞的深爱吗？这与鲁迅先生的“哀其不幸，怒其不争”又何其相似！而像《声》《新绿的毒素》《猫头鹰一族》《某夜的心》《泪》《恐惧》《某个夜晚》则充满了对时局和周围人事的讽刺和自身的无力感，以及无尽的执拗的对世间存在的追问，因而又带上了一些哲学意味。而如《寂寥》中“不能不跑去哪里 / 可是没有可去的地方 / 不能不做些什么 / 可是没有能做的事 / 连坐下都不堪 / 胁迫充满了大地”所示，他所委身的颓废主义，也不足以将他从这种状态里救出。这些诗篇中层出不穷的各种意象让人眼花缭乱又不知所措（尤以《新绿的毒素》为甚），这些抽象又意味深长的句子的集合编织成一个巨大的隐喻，不仅原文艰涩难懂，翻译起来也颇费功夫。因此译者只能采取“不译”的策略，还原作者当时的语境，尽可能提供给读者更大的想象空间。

与智惠子的相遇（1911 年 12 月），是他人生的巨大转机。《道程》后半部分点缀着他与智惠子相遇相恋的小品，比起以上的沉重主题，这些篇章显得单纯甜美又深情款款：“不是玩 / 不是打发时间 / 你来见我 /——不画画、不读书、也不工作——/ 然后两天、三天 / 欢笑、游戏、跳跃、拥抱 / 时间一下子缩短了 / 数日变成了一瞬间”（《致某人》）、“起来吧 我的爱人 / 冬天早晨 / 郊外的家里也会时常有夜莺来歌唱 / 我的爱人此刻应该睁开了黑色的眼睛 / 像孩童般伸出手臂 / 拥抱清晨的阳光 / 笑迎小鸟的歌声”（《冬天早晨的醒来》）、“我们被大雪深埋 / 融化在天然

的元素中 / 贪婪地吸取无垠大地上的爱 / 悠悠地赞颂我们的生命”（《爱的赞叹》）、“这是万籁俱寂的夜 / 我的心此刻就像大风一般迎向你 / 像从地底奔涌而出的珍贵而柔软的温泉 / 浸透了你纯洁肌肤的每一个角落”（《给郊外的人》）。而《深夜的雪》《晚餐》则还原了和智惠子共同生活的场景，平凡、烟火气甚至琐碎的日常，让我们感受到了一种可贵的诚实。这部分的翻译也许是全书中最顺畅和容易的，那是这样的抒情和叙事方式最具普遍性，也最为我们所熟悉的缘故。

有了爱的滋润，终于他可以面对自我、探索自身了。和智惠子结合的终极意义就在于他重新找回了自我，并且是与智惠子的存在不可分割的、存在于她之中的自我：“你的里面有着巨大的爱的世界 / 我离开人群变得孤独 / 通过你才重新接触到人类的生气 / 活跃在人类社会 / 我脱离了一切 / 只是为了走向你 / 将肌肤沉浸在深远的人类之泉里 / 你是为我而生的 / 我中有你 / 有你　有你”（《人类之泉》）、“我感到自己的苦痛就是你的苦痛 / 我感到自己的惬意就是你的惬意 / 我像依靠自己一样依靠你 / 我一直认为我成长就是你成长”（《我们》），这些诗句都显示了两者在肉体和灵魂上的完全合体。至此，他已不再是一个人面对这世界。他从爱中获得了力量，将曾经散乱无序的自身压成一个“我”的结晶，超越了单纯的主观孤立性而走向存在本身。“寒风刺骨的冬天来了 / 被人们嫌弃的冬天 / 被草木背叛、鱼虫们逃走的冬天来了 / 冬天哟 / 来我这里，来我这里吧 / 我是冬天的力量 / 冬天是我的食物”（《冬天来了》），这里显现出一个面对世间精锐武装起来的高村，而《山》的“我是山 / 我是天空 / 又是那疯狂的种牛 / 又是那流水 / 我的心淹没了山脉里所有的角落 / 充满了那里 / 满得胀裂了”，则暗示着和世界的某种和解，对自我实现的某种探索。

从孤立到和解，又从和解到孤立，高村曾不停地激烈摇摆，最终他抓到了两者共生的具体意象。在《牛》中他写道“牛不做违背道理的事 / 牛只是做想做的事 / 做自然而然想做的事 / 牛不做判断 / 但牛是正直的 / 牛从不为想做而做了的事后悔 / 牛所做的事增强牛的自信 / 即便如此牛还是缓缓地走 / 走向无论哪个地方 / 深信自然 / 将身体托付给自然 / 咔嚓咔嚓地冲进自然 陷入自然 / 慢也好，快也好 / 自己走着自己的路”，贯穿《道程》前半的郁闷和不安，终于到达以牛为象征的坚实自然的存在之中。而整部诗集的点睛之作《道程》“在我面前 没有道路 / 在我身后 有了道路 / 啊，自然啊 / 父亲啊 / 让我独立的宽宏的父亲啊 / 请不要离开 一直守着我 / 用父亲的气魄充满我 / 为了这遥远的道程 / 为了这遥远的道程”，则还是在兜兜转转之后又回到了以父亲为象征的大地的原点，同时又暗示了人生的新起点，与前面的《父亲的脸》的照应耐人寻味。

从《道程》出版（1914）到大正九年（1920），他在长达六年的时间里远离了诗的创作，专心于雕刻。关于这一段时间的生活，他这样回顾道：“被一个女性的爱洗净 / 我终于得到了自己 / 虽然持续着无以名状的贫穷 / 但是我再一次跃入了美的世界 /……（中略）/ 两人共筑的一个个梦想 / 都在我们的内部世界里 / 我们研究的也是内部生命 / 我们积蓄的也是内部财宝 / 我被美的强有力的手臂引导着 / 专心在雕刻的道路上日渐消瘦”(《在美中生存》)。由颓废主义转变而来的理想主义，使他全身心投入了与智惠子的生活。而雕刻范围之外的表达上的欲望，也都被这样的生活所吸收和净化了。

当然，这并不意味着欲望的消失，而应该说是经受了新生活的洗礼。语言在他内部获得了新的力量重新出发了。《丸善工厂的女工们》《风吹雨打的圣母院》《拉科奇进行曲》《米久的晚餐》等优秀长诗纷纷涌现。《丸善工厂的女工们》中的"从蔬菜店回来的/这位鹤立鸡群的大叔/你们当中的一个人看见他就笑了/大叔是很喜欢这笑的啊/没来由的可爱的笑/啊 这可是我淡忘已久的东西哟"，这样的诗句是他从未尝试过的。之前的愤懑和不平之气已经消失，"得到了自我"的他拂去了先前的成见，用正确平和的眼光去观察对象的细节。有名的《风吹雨打的圣母院》，以"噢 又开始风雨大作了/竖起外套的衣襟 被横飞的雨水打湿着/仰望着你的 是我/每天一次一定会来这里的 是我/那个日本人"开头，以"噢 这样的时候沉默耸立的圣殿/静静守护着苦于暴风雨的巴黎的家家户户的圣殿/此刻在这里 有这么一个人/把两手放在你四角的基石上/将滚烫的脸颊紧贴在你的肌肤上 请不要把他看成无礼之人/这个沉醉的人就是我/那个日本人"结尾，诗里没有较真的急躁，也没有冗长的饶舌。虽然充满了激烈的紧张感，但柔韧错落的节奏渗透了其坚实的结构，产生了出乎意料的效果。巴黎圣母院所象征的巴黎，曾经强加给回国后的他以不安和孤立，但这首诗，则表现了而今的他经过十余年岁月，已经达到了可以作为一个"日本人"，坚定地脚踏大地、与巴黎对峙的境界。

之后，他假托白熊、狮子等各种动物，写下了被称作《猛兽篇》的一系列的诗。这些动物其实是与社会对立的孤高者高村的自画像，都与他的最深处有着某种联系，但又各具特色，高村在对它们的多彩描绘中展现了作者自己丰富的个性。特别是《狼狈不堪的鸵鸟》，简洁凝练地表现了个体和社会的强烈对立。这种批判性，只通过雕刻动物是无法表达的。至少在高村身上，“雕刻范围之外的表达上的欲望”驱使他去写诗。《猛兽篇》也好，其他诗篇也好，无不是一个雕刻家对对象的仔细凝视与这种批判性的独特结合。

对这样的高村来说，智惠子的存在是不可或缺的。智惠子的发疯和死给他带来了巨大的、绝对性的丧失感，由此诞生了不朽之作《智惠子抄》。高村认为智惠子发疯的原因是“她对艺术的不懈追求，和出于对我纯粹的爱而必须经营的日常之间的矛盾苦恼”（《智惠子的半生》）。我们当然可以理解，同为艺术家的智惠子内心的挣扎和焦躁。但更根本的原因，恐怕在于他们两人结合的绝对性（无可逃避的宿命）本身。她敏锐的神经不能忍受这种绝对性产生出来的浓密而纯粹的空气。这部诗集极少有情欲的表现，大都是怀抱发疯妻子的丈夫那不安和孤独的真实心情的写照。从“半疯的妻子坐在草上面 / 重重地靠在我的手上 / 像哭个不停的女孩一样恸哭 /——我马上就要不行了 / 我们即将要被袭击意识的宿命之鬼抓住 / 而和无处可逃的灵魂别离 / 那无法抵抗的预感 /——我马上就要不行了 / 山风冷冷地吹着被泪沾湿的手 / 我默默地入神地看着妻子”（《山麓的两人》）等诗句，可以窥见那深渊的一斑。不久，精神完全失常的智惠子沉浸在自己的世界里，《乘风的智惠子》《和鸻游戏的智惠子》《难以再见的智惠子》等连作，以仿佛置身事外的淡淡笔触描画了与自己已成平行线的智惠子的一举一动，以及曾经的身心伴侣与自己已是相见不相识的心痛。越冷静，就越沉痛，也越绝望。《柠檬哀歌》用无比哀切又纯粹的音调咏唱了智惠子的临终。之后的《给永逝之人》《梅酒》《荒凉的归宅》则是对智惠子身后事的记录，充满对逝去的智惠子的深深追忆，以及无人言说的、巨大的悲凉和丧失感。这部诗集之所以深受读者欢迎，就在于它里面的爱的纯粹性，但是如果仔细探究那纯粹性的深处，也许会感受到另一个绝望地狱。

从智惠子去世之时起，高村一下子投入了战争诗的创作。这大概是为了拼命填补智惠子的死所造成的“可怕的空虚”。不久，昭和十六年十二月二十八日，太平洋战争爆发，他这样记录了当时的反应：“终于 太平洋也开战了 / 听到诏书我浑身颤抖了 / 在这重大的时刻 / 我的头脑被兰引施法 / 昨天变成了遥远的过去 / 遥远的过去变成了现在 / ‘天皇很危险’ / 就只这一句话 / 决定了我的一切 / 当我还是孩子时的爷爷 / 父亲和母亲都在那里 / 少年之时家里的云雾 / 笼罩了整个房间 / 我的耳朵被祖先的声音填满 / 他们‘陛下啊’‘陛下啊’地叫着 / 喘息的意识眩晕不已 / 此刻除了献身别无他法 / 去保护陛下吧 / 抛开诗去写诗吧”在这里，“抛开的诗”应该是一般意义上个人情感表达的诗，“要去写的诗”则意味着“拥护天皇和战争的诗”。这首《珍珠湾之日》是战后创作的，事实上，他在战争中作了很多鼓吹战争的诗。与其说他会审时度势，不如说这是出自一个明治人愚直的忠诚心。这些诗虽然形式上具备诗的语言和节奏，但缺乏可靠的内在根据。因此作者的心情越高扬，其内容就越空洞。创作出《道程》《智惠子抄》和《猛兽篇》的诗人，居然写出这种诗，真令人唏嘘。

当然，这一切并不能归咎于失去了智惠子之后的巨大空虚。诚然，空虚使他去寻求一种坚实的依靠，但是直接就反应为“当我还是孩子时的爷爷 / 父亲和母亲都在那里 / 少年之时家里的云雾 / 笼罩了整个房间”，未免还是有些飞跃过度。这里面应该有着高村自身的问题。

他这样描写去为天皇雕刻的父亲：“父亲进了浴缸洗净了身体 / 那天早晨用打火石打出了清净的火之后 出门了 / 直接觐见天皇去了 / 真是不胜惶恐啊 /——请千万不要出什么洋相吧。——/ 母亲这么说着朝佛坛合十祈祷 / 还是孩子的我等到日落 / 也没见父亲的身影 忐忑不安 / 听到车夫‘回来了’的声音 / 我一下子从门口飞了出去”（《御前雕刻》）；又这样描写母亲：“——一副那样的表情睡着呢。——/ 母亲在我的枕边小声说着 / 这样的爱我今后该怎么办才好”（《不孝》）。他以使他觉醒的欧洲之名，否定了明治初年匠人家庭的伦理感、生活感和亲情，但这些其实一直在他内心深处执著地存活着。所以听到太平洋宣战诏书时的反应，并不是一时的亢奋，而只是在他血液里流淌着的东西奔涌出来了而已。这样，才能使“遥远的过去变成了现在”。另一方面，对于他来说的欧洲，形成了他那贯穿作品和生活每个角落的孤独意识，这在日本近代诗史上是十分罕见的。也正因如此，高村的战争诗才体现了日本近代诗的某种深刻的不幸。

不久战争结束了。“随着日子一天天过去 / 从我的眼里栋梁消失了 / 不知不觉六十年的重担放下了 / 再一次 爷爷 父亲 母亲 / 都回到了遥远的涅槃之座 / 我长长地出了一口气”（《战争终结》）但这并不能清算一切。如“为了把我自己从死的恐惧中救出 / 我拼命写下了《必死之时》/ 这首诗战地的同胞读了 / 人们读了它就去面对死亡 / 在寄回家乡的信中写道‘每天都会反复读那首诗’的 / 潜艇艇长 不久就和潜艇同归于尽了”（《读完我的诗，人们赴死》）所写，他陷入了痛苦懊悔的自我苛责之中。这时候，“愚暗（愚直 / 愚劣）”成了他诗作的关键词而不断出现：“一边怜悯着自身愚暗的灵魂 / 我仍然继续记录着”（《罗曼·罗兰》）、《愚暗》、“能够拥有如此心灵安稳的日子 / 因为看够了自己的愚暗 / 所以对于自己功绩的任何评价都愉快地接受 / 鞭策自己的千般非难也虚心听取”（《山林》）、“今天也在下着愚直的雪 / 小屋像个聋子一样沉默 / 在小屋里待着的是一个典型 / 一个愚劣的典型”（《典型》）。在东北一隅的静谧山林里，他与世隔绝，嘲弄和苛责自己曾经的愚暗，对在那段战争中的盲目愚忠作出了反省。

并且，在自我反思的同时，几乎可以说是必然地，他又深深地怀念起智惠子，追忆曾经的甜蜜岁月，憧憬一种美好的虚幻。战后日本的变化，他第一个报告给智惠子（《报告（给智惠子）》）；《如果智惠子》《大都市》《引路》《和智惠子游戏》里吐露了和智惠子一起归隐的梦想；《元素智惠子》《那个时候》则再一次确认了智惠子在他生命中的重要性，她是已经和他融为一体的血肉，是他灵魂的裁判。智惠子，也只有智惠子，是他心灵永远的避难所，是无条件接纳他的圣母：“我变成你的孩子 / 你变成我年轻的母亲 / 你还在 还在那里 / 你变成万物 充满了我 / 虽然我觉得 我不值得你爱 / 可你的爱 无视一切 将我紧紧包裹”（《给永逝之人》）。在走过一大段弯路之后，蓦然回首，还好，那个永远的爱人，永远那么年轻美丽的爱人，还在那里。

尤海燕

2018 年 11 月 6 日

（参考文献：粟津则雄《解说——刚直的明治人》，《柠檬哀歌——高村光太郎诗集》，集英社，1991 年）

目 录

I 道程

Ⅱ 道程以后

Ⅲ 猛兽篇

Ⅳ 猛兽篇时代

V 智惠子抄

Ⅵ 典型（《暗愚小传》及其他）

I

道程

失去的蒙娜丽莎

蒙娜丽莎走远了
带着那迷之微笑　加上银子般的颤音
“一定要做个好人啊”
远远地、虚幻地、悲伤地
并且，带着像凯旋将军的夫人窥视那样的
冷漠而温暖的
银子般的颤音
静静地、优雅地
蒙娜丽莎走远了

蒙娜丽莎走远了
深深覆盖着的煤烟色的清漆
就要被华丽地抹去
被长久地禁锢在展室墙壁上的画框
就要被打破
眼里满溢着敬虔的眼泪
面对着画布
陷入迷惘的背叛者画家才是悲伤的
啊，画家才是悲伤的
蒙娜丽莎走远了

蒙娜丽莎走远了
虽然脆弱，令人心痛
手上却有着权谋的强力
白天淡绿
夜晚深红
正如那金绿石一般
蒙娜丽莎走远了

蒙娜丽莎走远了
威胁我的灵魂
给我燃烧的生命火上浇油
蒙娜丽莎的唇依然带着微笑
真让人嫉妒
蒙娜丽莎不流泪
只是露出东洋珍珠一般润泽的淡蓝色牙齿微笑
离开画框
蒙娜丽莎走远了

蒙娜丽莎走远了
曾经因为她不可思议的离开而心生战栗
企图逃亡的我
啊，真奇怪啊
为何如此追慕她的背影

如梦幻，又像鸦片燃烧的烟
当她消失殆尽的时候，心里有多么的悲伤
啊，值得纪念的十一月的最后一天啊
蒙娜丽莎走远了

1910年12月14日

根付[1]之国

突出的颧骨、厚厚的嘴唇、三角眼，就像根付雕刻名家三五郎雕的根付那样的脸
像灵魂出窍一样呆若木鸡
毫无自知之明，猥琐
命贱
爱面子
缩成一小团，安于现状
像猴子那样、狐狸那样、鼯鼠那样、小杂鱼那样、青鳉鱼那样、丑八怪那样、饭碗碎片那样的日本人。

1910 年 12 月 16 日

1　根付：长 2 至 5 厘米，和服带子上用来挂饰品的物件，是一种雕刻精巧优美的民间工艺品，类似现在的挂坠。

寂寥

红色的字典里
有葬礼行列的步调
没有一丝火星的炉子
侧耳倾听着回荡在矿山里杜鹃鸟的啼鸣
力士小野川[1]的嗟叹
悄悄藏在脏污地毯的花纹里面

有谁来了
悄悄地向着窗子的毛玻璃，啪嗒啪嗒
喷射着磷，啪嗒啪嗒——
黄昏就在这时不小心打翻了红墨水

不能不跑去哪里
可是没有可去的地方
不能不做些什么
可是没有能做的事
连坐下都不堪
胁迫充满了大地

1　小野川：指小野川喜三郎（1758—1806），江户时代的名力士，第五代横纲。

不知何时我身上紧裹着白色的法兰绒
心里是从蒸汽浴室里出来的困惫
不停地空想电磁学的原理

印泥因尘埃变白
嗤笑着今天佛灭[1]的黑星[2]
晴雨表此刻正在发生骚乱
月亮失重在海上升起

鹤香水[3]沉默在信封里
不知从何处，传来了陪酒女
因责罚而哭泣的哀鸣声

啊，请告诉我应该奔跑的道路
告诉我应该做的事情
冰河之底如火一般痛
痛，痛

1911年3月13日

1 佛灭：阴阳道中万事皆凶的日子。
2 黑星：日历上用于表示佛灭日的黑色圆圈。
3 鹤香水：明治末期售卖的法国制造的香水品牌。

声

停，停

蝼蚁一般生活着的城市是什么

就像把钢琴键盘挂在腰间般的噪音

和凝结着颜料的调色板那样的浑浊

在其中喝着泥水

早出晚归

因兴奋的神经浑身颤抖

穿上贴着标签的武具

行色匆匆的那样子是什么

来平原吧

有牛

有马

维持像你这样一两个人生活足够的生命食粮

从地面涌出

请尝尝透明空气的味道吧

然后静静地思考一下人类的生活

请放弃一切先到石狩平原来吧

不要听隐退主义者的话

有牛、有马，又能怎样

小心吧

画在画上的牛马是很漂亮

可是真正的牛马比人都脏呢

生命的食粮并不只是从地面上冒出来的

看看城市的道路旁堆积的东西

还有，在考虑人类生活之前

请仔细玩味一下吧

请面对自然

比起思考人类，请先想想活着的人

请当自己王国的主人

请背对恶

生养你的是城市

你觉得自己能离开城市吗

人要尊重人做的事情

要知道比起自然人工更有意义

面对恶吧

人工的乐园[1]！

笨蛋

自作自受的东西哟

---

1 原文为“PARADIS ARTIFICIEL”，来源于法国诗人波德莱尔的诗集名*Paradis Artificiel*。

笨蛋

自轻自贱的东西哟

1911年5月20日

新绿的毒素

生青草味的新绿的毒素溢满了世界

原野 群山
街头的墙根，路旁的草丛
甚至连被遗忘在桌上的石头般的仙人掌
此刻神经都在跃动
悄悄苏醒的生命的脉搏
疯狂的生命力
一面惊异于不停奔涌的机能的觉醒
一面从口中吐出
满溢的新绿

生青草味的新绿的毒素溢满了世界

生命的过剩
无形的势力
摇动了黎明时
鸡的精魂
使它发出世人都感到不可思议的
那鸡鸣的力量

所有的媚药

所有的香料

都不及这力量的无法回避

生青草味的新绿的毒素溢满了世界

那味道立刻刺痛了人的肌肤

那香气马上袭击了人的血管

此刻我无法承受来自心脏令人眩晕的重压

并且，若说起什么不得不尖叫的喜悦和傲慢

就是手触碰新的东西

脚雀跃而向前

——那么，那么

苦涩的忘我和

快乐的疼痛

就是从地壳涌出的精液的喷射

所有的事物都因着这浸染遍布的奇臭而痛苦

生青草味的新绿的毒素溢满了世界

怀孕的瘦狗潜入公墓对着病菌磨牙

蛇从安详的冬眠中醒来

再次爬在被诅咒的大地上不禁叹息

鼷鼠在屋顶里交配

海葵令人恶心地摆动着触手
啊，禽兽鱼虫
都因着无益的性亢奋
在屠杀、猜疑和狂奔中互相争斗

生青草味的新绿的毒素溢满了世界

看呀
河岸第一丑女
桶店的阿近叹了口气
指尖玩弄着圆圆的乳头在哭泣
看呀
宗林寺管出纳的和尚
脸色苍白的妙圆撑船开始早晨的修行
到寺门前的木屐店战战兢兢地看着穿木屐的红色绳子
看呀
大野屋的少管家
四十来岁的佐太郎
在小路的黑暗中首登青楼
看呀
倾尽金库拿出一沓崭新的纸币
昏了头的年轻夫人光着脚轻快地
和情夫刘一章私奔去广东了

看呀，看呀，看呀

生青草味的新绿的毒素溢满了世界

虽然进了房间
虽然上了床
虽然洗了澡
虽然尝了苦胆
听了三味线
听了歌
喝了酒
哭了
一起睡了
和衣睡了
到哪里，无论到哪里
都弥漫着令人窒息的辛辣
笼罩着我，惊吓着我的灵魂
可悲，可叹

生青草味的新绿的毒素溢满了世界

1911年6月11日

父亲的脸

用黏土做了父亲的脸
放在黎明前微暗的窗下
父亲的脸悲伤寂寞

和我的脸有几分相似的面影
有点令人恐惧 自然的法则如此可怕
我灵魂老去的样子，如此鲜明地
变成了具象的出乎意料的震惊
我的心出于想看可怕东西的欲望
看那眼睛，看那额头的皱纹
被做出来的父亲的脸
像鱼类一样深深地沉默着
但却讲述着痛苦的往昔岁月

那是钢铁嘶哑的叫喊
抑或是在西方看过的“哈姆雷特”的亡灵之声
虽无嗟叹但刺骨切肤的回响
深深渗入手指如炭疽般疼痛
用黏土做了父亲的脸

放在黎明前微暗的窗下

神秘血脉的悄声低语……

1911年7月12日

致某人[1]

我不愿意
你离开——

就像还没开花就要结果
没有种子就要发芽
夏天结束马上就是春天
这样不合常理的不自然
请一定不要这么做
你那个刻板的丈夫
和写着圆润字体的你——
连这么想我都会不禁流泪
像小鸟一样胆小
像大风一样任性的你
居然要嫁人了

我不愿意
你离开——

1 指长沼智惠子。

为什么这么轻易决定
啊 怎么说呢——勉强说的话
就像是卖身一样的感觉吧
你是把你自己卖了
从一个人的世界
到千万人的世界
然后败给了男人
败给了毫无意义
啊 这是一件多么不堪的事啊
是的 简直就像
提香[1]画中的贵妇
去熙熙攘攘的鹤卷町[2]购物
我虽然好像也没有寂寞和悲伤这样的心情
可就像看着你给我的那棵
大岩桐的
硕大花朵渐渐衰败那样
看着它抛弃我一步步走向腐烂那样
像盯着一只飞过天空的鸟
渐飞渐远那样
在那碎浪击石般悲伤和自弃的心上
无常　孤独　深深烙印那样

1　提香：指提香·韦切利奥，又译提齐安诺·伟嘉略（Tiziano Vecelli），意大利文艺复兴后期威尼斯画派的代表画家。

2　鹤卷町：东京从早稻田到江户川桥一带的地名。

——即便如此 这也并不是爱情

圣母玛利亚

不是的　不是的

说不清我的心情究竟是什么 又会如何

只是不愿意

你离开——

而且还是嫁作人妇成为别的男人的附庸

1912 年 7 月 25 日

某夜的心

七月的夜月
看呀，在白杨林里热病了
仙客来的幽香
在沉默的你的唇上啜泣
森林，道路，青草，远街
挣扎在无由的悲哀之中
淡淡地吐出白色的叹息
并排走着的年轻的两人
手牵着手踏着黑色的土地
看不见的魔神在畅饮甜酒
在大地上轰鸣而过的最后一班列车
像是在嘲笑人的命运
灵魂缓缓地发出痉挛
印度纱丽的带子被汗微微沾湿
准备着保持拜火教[1]徒的忍默
心啊，心啊
我的心啊，觉醒吧
你的心啊，觉醒吧

1 拜火教：即琐罗亚斯德教。流行于古代波斯（今伊朗）及中亚等地的宗教，中国史称祆教、火祆教、拜火教。

这有什么意思呢
难以断绝的、痛苦的、想逃离的
而又甘美的、难以离开的、难以忍受的——
心啊，心啊
从病床上起来吧
把那沉醉于大麻的幻梦甩掉吧
可是 眼睛所见的东西现在都已疯狂
就连七月的夜月
看呀，都在白杨林里热病了
难以痊愈的病呀
我的心在温室的青草上
为美丽的毒虫所困扰
心啊，心啊
——啊 该叫它什么呢
这当下被沉默所占领的夜半的世界——

1912年8月17日

泪

世间现在，因可怕的事而烦恼
人们每夜在日比谷附近聚集哭泣
我们心底里溢满了泪水
但是却若无其事地一笑而过
在松本楼前品尝冰饮
人们都，因可怕的流言蹙眉
轻轻传来悦耳的铃铛声
我们稍作谈论
痛心地、尖锐地、强烈地
为不分善恶的夏夜冰饮叹息
凝视着冰凉的银器
我夺过你的小扇
你站在黑暗的路旁啜泣
我欲言又止
经过的人看着我们
把这当作我们在为那件可怕的事祈祷
啊，可悲啊
如果这也是因为某个深深悲叹的话

纵使样子再过妖艳

人们啊，也请原谅我们的眼泪吧

1912年8月

恐惧

不行，不行
不能用手触碰这安静的水
更不能投掷石子
因为哪怕是一滴水的微微颤动
都会耗费成千上万的无益的波动
我们必须珍惜水的安静
衡量静寂的价值

你不能再继续对我说下去
你现在要说的事是世界上最大的危险之一
不说出口则已
一旦说出就是天雷地火
你是女人
即使被说成像男子终究还是女人
是挂在苍黑天空中微微出汗的圆月
是要把这世界引入梦境，将刹那换成永远的月亮
这样就好，这样就好
不能把梦境变回现实
不能把永远变回刹那
并且

不能向已经澄净下来的水里

投入那种危险的东西

我心的静寂是用血买来的宝贝

是用你不能理解的血换来的宝贝

这静寂是我的生命

这静寂是我的神灵

而且是脾气古怪的神灵

就连夏夜的食欲

都能引起它强烈的慌乱

你还准备去用手触摸他的一滴吗

不行，不行

你必须掂量这静寂的价值

若非如此

必须带着充分的思想准备去触碰

一块石头引起的波动

可能会袭击你 把你卷进漩涡

给你千百倍的打击

你是个女人

必须准备好能够承受它的力量

能做到吗

你不能再继续对我说下去

不能，不能

请看

连沾满煤烟和油的停车场

此刻在这月亮和有些闷热的雾霭中

看起来不也像是包裹着某种伟大的美的宝藏吗

那红绿灯的明灭

在停车和发车之间发挥着巨大的作用

远远地向月夜的情调献上唱和

我现在被什么包围着

被某种气氛

被某种掌握着不可思议的调节的无形力量

然后获得了最宝贵的平衡

我的灵魂在思考永远

我的肉眼从万物看到无限的价值

静静地，静静地

我此刻不停地触摸着某种力量

已经忘记了语言

不行，不行

不能用手触碰这安静的水

更不能投掷石子

1912 年 8 月

犬吠崎[1]的太郎

太郎，太郎
犬吠崎的太郎，笨蛋太郎

大海今天也是波涛汹涌
扛着女儿是主角的马戏团的海报
拿着棍子
你叮叮当当地敲打马口铁桶
豪迈的你一敲打铁桶
大海的波涛就高声轰鸣 露出可怕的牙齿

哎
今天也在轰鸣，大海——
那马戏团的阿染
乘着那大海的波浪
飞向大海的尽头
在很久以前就飞走了
“最讨厌这海水苦涩的铫子[2]，和太郎你也再见

---

1 犬吠崎：位于千叶县利根川注入太平洋河口的一角，作者在这里偶然遇见了智惠子。

2 铫子：千叶县利根川河口的渔港。日本有名的渔港城市。

了”他说。
你和大海就是从那时
从那狂风肆虐的夜晚，马戏团的公演师半夜逃
走的那个时候 变得关系紧张起来的吧
是吧，看呀
今天也轰鸣着，露出獠牙
想要吓唬你
这不自量力的大海呀

太郎，太郎
犬吠崎的太郎，笨蛋太郎

对了，对了
再使劲敲吧，那铁桶
叮叮当当的
然后把你豪迈的样子
给大海那边的阿染好好看看

无论怎么怒吼 海终究是海
到不了你的脚底
无论多大 海终究是海
你不管怎样还能开口说话
无论多么蔚蓝，无论多么强大
海终究是海呀

你会赢的哦

你会赢的哦

太郎，太郎

犬吠崎的太郎，笨蛋太郎

别怕大海，好好地

敲你的铁桶

叮叮当当地

加油呀，叮叮当当地——

1912 年 9 月 26 日

荒凉的道路

虽然无尽孤寂
我
还是舍弃了来时的路
舍弃了有着巨大力量的道路
踏上了未知的土地
悲伤地前进

——这是我心的原则
也是我心喜悦的源泉

我眼所见的都是不可思议的神奇
我手所触的都是难忍的痛苦
可是昨天却无情地隐去了身影
曾经存在的我不知何时消失了
虽然那么不可思议和神奇
并且令人痛苦和烦恼
可是映在我心上的东西
此刻除此之外别无他物
这才是我崭新的力量
虽然无尽孤寂

我只是在专心思考这个

——这就是我心的呼唤
也是我心喜悦的源泉

我未知的悲伤而
崭新的道路白茫茫地横亘着
孤寂是人世的事情
悲伤是灵魂的故乡
心啊 我的心啊
战战兢兢的我的心啊
我的身姿就是唯一
在孤寂中倾听黄金的声音
在悲伤里品味甘甜的没药的香气

——这是我心的父母
也是我心喜悦的源泉

1912年10月8日

猫头鹰一族

——听到了吗，听到了吗
嗷嗷 嗷嗷——

轻薄无责的人言
住在森林深处的猫头鹰被染上黑色毒素的声音
在城市和树木间回响
袭击着我的耳朵 难以忍受
我的耳朵在夜晚的黑暗里痛苦
悲伤并窥探着映在我心上的你的影像
轻薄无责
乃恶鸟的天性

——听到了吗，听到了吗
嗷嗷 嗷嗷——

为自己声音的喧嚣回响欢喜
为在朋友之间传递故事而自豪
猫头鹰一族、邪恶之辈
虽然我们比他们强大
但他们比我们能言善辩

有着富于暗示的眼神和隐藏本质的言语
这样就轻薄无责
那声音回响的烦人呀
不堪一听的恶俗
要把你我的心视为不伦和滑稽的境地
被诅咒的东西
猫头鹰一族、邪恶之辈啊
可是让我心发狂的
不如说就是这愚蠢的烦恼
那声音又来了，又来了

——听到了吗，听到了吗
嗷嗷 嗷嗷——

1912年10月20日

冬日将至

冬天要来了
寒冷、锐利、强大、透明的冬天要来了

听呀，又隆隆隆地响起来的
机枪连发的声音

哭了又哭 还是那么柔韧
冰冷的黎明时刻的霜心

正在深深思考着不可思议的人生
突然看到街头角兵卫狮子[1]倒立起来

停止把我们的爱叫作爱吧
再稍微虔诚一些，再稍微自由一些

冬天要来了，冬天要来了
激荡着灵魂，那个强大、锐利、力量化身的冬
　天就要来了

1912年10月23日

1 角兵卫狮子：头戴狮子头倒立的一种街头卖艺。

某个夜晚

瓦斯炉里烧着火
乌龙茶、风、细长的夕月

——就是它，就是它，那就是世间
他们想要的严肃面目就是礼服
就是把人工加到天然之上
就是站立不动的姿势
他们把自己的心丢失在了世间的纷扰之中
那曾经赤裸的冷暖自知的心——
你看到了这些也不觉得奇怪
这就是叫作世间的东西
是心里抱着诸多俗念
只盯着眼前咫尺方寸的 令人讨厌的冷酷的人的
  集合
因此，想要真实地生活的人
——从往昔、到现在、直到未来——
却一直被认为是不够真挚
要承受你曾受过的那样的迫害的
胆小的他们
并且没有诚意的他们
起初发出惊异的声音看着我们

发出所有能发出的噪音来打发他们的空闲时间
没有诚意的他们把事件的当事人放在一边 只是
　玩弄事件本身
让人轻蔑的是这世间
应该感到羞愧的是那漩涡中的矮人们
我们做应该做的事
走应该走的路
尊重自然的规律
行走坐卧 都要到达和自然定律不相违背的境界
最好的力量 只存在于相信自己的信念里
不要惊讶于他们如蛙一般丑陋的嘴脸
不如去欣赏那其中怪异的美
我们只要品味有爱的心就好
我们必须冲破所有的纷扰
自然 自由地去生活
像风吹一样，像云飞一样
遵从必然的法则和内心的要求、睿智的暗示 并
　且没有谎言
自然是贤明的
自然是细心的
不要再为不成器的他们烦恼了
还是一起去银座吃顿便饭吧

1912 年 10 月 22 日

给郊外的人

我的心此刻就像大风一般迎向你
我的爱人哟
此刻寒气渗透青色鱼皮的夜晚已深
那么就在郊外的家里安睡吧
幼儿的纯真就是你的所有
太清澈透明
所有看到的人都会抛弃邪恶的心
善与恶 一丝不挂地在你面前袒露
你才是最好的审判官
从我被彻底沾污的各种姿态之中
你用孩童的纯真
把宝贵的真我发掘出来
我并不知道你找到的东西
只是我把你当成最好的审判官
靠近你我就会心生喜悦就会相信
我所不知道的真我
就藏在我温暖的肉体里
冬天到了 榉树的叶子也都落尽
这是万籁俱寂的夜
我的心此刻就像大风一般迎向你

像从地底奔涌而出的珍贵而柔软的温泉

浸透了你纯洁肌肤的每一个角落

我的心随着你的一举一动

蹦跳 舞动 飞起 喧闹

总是不忘保护着你

我的爱人哟

这是无与伦比的生命之泉

那么你就安睡吧

在这恶人般的寒冷冬夜

此刻你就在郊外的家里安睡吧

像个幼儿一样安睡吧

1912 年 11 月 25 日

冬天早晨的醒来

冬天早晨
约旦河也应该结上薄冰了吧
我裹着白色的毛毯待在卧室里
我在我的心中追寻
给基督耶稣施以洗礼的圣约翰的心
抱着圣约翰头颅的莎乐美的心
冬天早晨
街上低低地回荡着哒哒的木屐声
大自然才是我全身心的所有
我也应该像静静运行的天道那样
前行
袭人的木瓜香气
如苏醒的精灵一般睁大了眼睛
不知从何处潜入室内
我在此时
却用数理学者的冷静
推知世人所造成的社会波动里奇怪的因果规律
起来吧 我的爱人
冬天早晨
郊外的家里也会时常有夜莺来歌唱

我的爱人此刻应该睁开了黑色的眼睛
像孩童般伸出手臂
拥抱清晨的阳光
笑迎小鸟的歌声
这么想的时候
我就被不可抗拒的力量所牵引
挥击白色的毛毯
唱一首爱的颂歌
冬天早晨
心欢快地跃动
高声呼喊
向往着纯洁和顽强的生活
蓝色琥珀的天空中
飘荡着看不见的金粉
远远传来指示犬的吠声
激起了我执着追求的习惯
随即又思念起我的爱人
冬天早晨
到约旦河去咀嚼冰块吧

1912 年 11 月 30 日

致某人

不是玩
不是打发时间
你来见我
——不画画、不读书、也不工作——
然后两天、三天
欢笑、游戏、跳跃、拥抱
时间一下子缩短了
数日变成了一瞬间

啊，可是
那不是玩啊
不是打发时间
那是我们充实的 无可奈何的生命
是生活
是力量
看起来像是过于浪费过于挥霍
可是八月的大自然的丰美
那深山里花开花谢的草木
发出声音的阳光
千变万化的云群

多得数不清雷霆

雨 水

绿 红 蓝 黄

向着世界喷薄而出的力量

我们怎么能说这是浪费

你向我跳跃

我对你歌唱

我们倾尽全力走过每一刻的生命

抛开书本时一刹那的我

和打开书本时一刹那的我

我的质量是相同的

请不要把空洞的勤励

和空洞的懒惰

在我身上联系在一起

当爱的心胀满时

你会来见我

抛却一切，超越一切

踏破一切

又高高兴兴地

1913 年 2 月 18 日

深夜的雪

温暖的瓦斯炉的火
发出微弱的声音
完全封闭的书斋里的电灯
静静地，照着有点疲倦的两人
黄昏开始阴沉的天空下起了雪
刚才从窗户向外望去
已经白茫茫一片
无声飘落的雪的重量
大地 屋顶和两人的心感觉到了
不如说那包含着欢乐的柔软的重量
让整个世界都屏息凝神 张大眼睛看着孩子的心灵之眼
“快来看呀，都积这么厚了”
远处传来模糊的声音
不久就是“嘣嘣”地拍打木屐齿的声音
之后静默的夜也到了十一点
话题都没了
红茶也慵懒
只是两人牵着手
侧耳倾听这无声世界中深奥的心

凝视流逝着的时间的样子
微微出汗的脸上满溢着安详
准备欣然接受世间所有人的感情
又传来“嘣嘣”的拍打声
之后就是像车的响声——
“啊，快看呀，那雪”
我这么一说
回答的人忽然开始活在童话里
幽幽地张开口
笑纳这雪
雪也喜欢这深夜
没完没了地下个不停
这温暖的雪
簌簌地逼近我的沉甸甸的雪啊——

1913 年 2 月 19 日

人类之泉

世界变成生机勃勃的绿色
绿色的雨又下起来
这雨声
成为风起云涌的生命的表象
总是威胁着我让我不堪忍受
然后我奋起的灵魂
超越我离开我
急速地重塑一个我
刚刚死去　又在重生
就像时间从两点变成三点
绿叶尖上又萌发出嫩叶那样
今天也是如此 我深深感受到了
我灵魂的加速度
然后保持着极度的静寂
一动不动地坐着
不知不觉地流泪
就像紧紧抱住你一样想念你
你真是我的另一半
你最确实地掌握着我的信念
是你 把我肉身的激烈从最深处分开

我中有你

有你

你知道

我一路悲惨地尝尽人世的孤独而来

曾经一度陷入可怕的自暴自弃的境地

从根本上观察我的生命

理解我的全部

只有你

我是自己前进道路上的开拓者

我的正直就是草木的正直

啊　你用那一同走过的眼睛守望着我

你原本有你自己的生命

你拥有海水流动的力量

你在我之中

就是微笑在我之中

因为你我的生命变得复杂　变得丰富

然后我虽然知道孤独　但却感受不到孤独

我在当今生活着的社会里

已经从千万人走的道路上离开 走进了自己的道路

已经没有了可以携手共进的朋友

只有互相了解某个部分的朋友

我已经不为这孤独感到悲伤

这就是自然　也是必然

我甚至要满足这孤独

可是

如果我没有你的话——

啊　无法想象

连想象都是愚蠢

我中有你

有你

你的里面有着巨大的爱的世界

我离开人群变得孤独

通过你才重新接触到人类的生气

活跃在人类社会

我脱离了一切

只是为了走向你

将肌肤沉浸在深远的人类之泉里

你是为我而生的

我中有你

有你　有你

1913年3月15日

山

山的重量迎头包围了我
我将高耸在大地上的力量紧握在心里
迎向了山
山巍然不动
山从四面八方不断喷出森严的寂静

我的灵魂充满在
令人窒息的恐怖里
突突、突、突突、突，
从脚底开始传动的我的全部意识
瞬间把我推回到全裸的山脉

请赞颂“无穷”的力量吧
请赞颂“无穷”的生命吧
我是山
我是天空
又是那疯狂的种牛
又是那流水
我的心淹没了山脉里所有的角落
充满了那里

满得胀裂了

山伸展身体波涛起伏
远远地伸向无尽虚空之中
又爽朗地
将山籁回荡在漫山遍野
秋日的艳阳高照
我的耳朵听到了天空的凯歌

溢满群山的血和肉的喜悦！
山底微笑着的自然的慈爱！
我拥抱着一切
流下了眼泪

1913 年 11 月 4 日

冬天来了

冬天一下子来了
八角金盘的白花也消失了
银杏树也变成了扫帚

寒风刺骨的冬天来了
被人们嫌弃的冬天
被草木背叛、鱼虫们逃走的冬天来了

冬天哟
来我这里，来我这里吧
我是冬天的力量，冬天是我的食物

浸透、贯穿
用火燃烧、用雪掩埋
像刀子一样的冬天来了

1913 年 12 月 5 日

牛

牛缓缓地走

原野 山间 道路 河流

无论哪里 只要是自己想去的地方

牛都会一往直前

牛非大事不跑，非大事不跳

咔嚓，咔嚓

牛挖沙挖土踢飞石块

仍然不紧不慢地走

牛不着急

牛踏踏实实地脚踩大地而行

深信承载自己的自然的力量而行

一步，一步，牛品味着自己的路而行

踏出的脚是必然

不是天马行空的随心所欲

是也好非也好

踏出不能不踏出的脚

这就是牛

踏出了 最后

牛不能再回头

脚深深陷入地面也不能回头

牛仍然缓缓地走

牛不冒失鲁莽

可牛又非常蛮横莽撞

碍事的东西就用一对角去顶

牛不做违背道理的事

牛只是做想做的事

做自然而然想做的事

牛不做判断

但牛是正直的

牛从不为想做而做了的事后悔

牛所做的事增强牛的自信

即便如此牛还是缓缓地走

走向无论哪个地方

深信自然

将身体托付给自然

咔嚓咔嚓地冲进自然 陷入自然

慢也好，快也好

自己走着自己的路

不乘云

不唤雨

不游水

脚掌紧贴着坚实的大地

牛走在平凡的大地上

不被没用的虚幻的地面所迷惑

也不羡慕人类

牛深深知道自己的孤独

牛反刍着自己吃过的东西
默默忍受着寂寞
走向更深、更大的孤独之中
牛哞哞地叫
给自然打招呼
自然也哞哞地回应
牛就被哄好了
然后牛仍然缓缓地走
牛太大，太笨
即使有想法 付诸行动也相当费劲
即使开始行动了 也不会敏捷快速
可是牛却极端敏感
能分辨三里之外的野兽叫声
能直觉到最善最美
能清楚预感到未来
看呀
牛的眼睛闪耀着睿智
那眼睛能把自然的外形和灵魂一起看穿
徒有外表的玩具它不喜欢
也不会被灵魂的幻影所吸引
温柔体贴的湿润的牛眼
长长睫毛的黑色瞳仁的牛眼
在日常中将永远唤醒的牛眼
牛的眼睛是圣者之眼
牛一直盯着自然

凝视 接纳它眼所见

从不左顾右盼四处张望

也不生气和非难

牛看自然就是看自己

看到了外面就一起看到了里面

看到了里面就一起看到了外面

这对于牛来说并不是努力而为

而是自然的结果

然后牛仍然缓缓地走

牛十分顽固

但是并不盲目争斗

只在必须争斗的时候争斗

平时总是听着一切

然后干着自己的工作

燃烧生命 竭尽全力

牛的力量强大

但是牛的力量是潜力

不是弹力

是发条

是把车拉上坡道的发条的力量

虽然牛在顶飞讨厌鬼的时候

动作干净利索

但牛的力量是坚韧顽强的

就算被邪恶的斗牛士以刀相逼

全身被插上十支二十支长矛

踉踉跄跄地还冲上去
冲上去
牛的力量如此悲壮
牛的力量如此伟大
即便如此 牛还是缓缓地走
走向无论哪个地方
边走边吃草
吃着从大地里长出来的草
然后养肥了硕大的身体
聪明又慈悲的眼睛
亲近人的舌头
坚硬的爪子
严肃的两只角
充满爱的叫声
健美的肌肉
流着诚实的口水的大牛
牛缓缓地走
牛深深踏着大地走
牛在平凡的大地上走

1913 年 12 月 7 日

我们

每当我想你的时候
最先感受到永远
有我　有你
自己在其中燃烧殆尽
我的生命　和你的生命
靠在一起　缠在一起　融在一起
回到混沌的初始
所有的歧视在我们之间失去了价值
对我们来说一切都是绝对
那里没有世间所谓的男女之战
有的是信仰 敬虔 恋爱与自由
还有巨大的力量和权威
人的一端和另一端的融合
我用正如完全相信自然的安心
相信我们的生命
破坏所谓的人间
大胜顽固不化的世俗
两人早已远远超越了人世
我感到自己的苦痛就是你的苦痛
我感到自己的惬意就是你的惬意

我像依靠自己一样依靠你

我一直认为我成长就是你成长

我相信我无论怎么加快步伐也不会放弃你　我很安心

就像我充满活力那样

你浑身散发着勃勃生机

你就是火

让我感到历久弥新

对我来说你就是新奇的无尽宝藏

去掉了所有枝叶的现实的结晶

你的吻给我润泽

你的拥抱给我深厚的滋味

你的冰冷的手脚

你沉甸甸的　圆润的身体

你的磷光般的皮肤

贯穿四肢躯干的生命之力

这些都是我最好的生命之源

你依靠着我

你和我同生

这些都是你自己在生长

我们珍惜生命

我们从不休息

我们必须高高地　把我们自己向无尽的高处举上去

必须成长

必须彻底变大

必须彻底变深

——这是什么样的光　什么样的喜悦啊

1913 年 12 月 9 日

道程

在我面前 没有道路

在我身后 有了道路

啊，自然啊

父亲啊

让我独立的宽宏的父亲啊

请不要离开 一直守着我

用父亲的气魄充满我

为了这遥远的道程

为了这遥远的道程

1914 年 2 月 9 日

爱的赞叹

无穷无尽的肉体的欲望
涨潮时可怕的力量——
更有熊熊燃烧的火焰里
火龙在翻滚跳跃

下个不停的雪在深夜举行婚宴
高喊着寂寞空中的欢喜
我们在这世间被美丽的力量打碎
此刻将身体浸泡在深重的水流中
在愤怒激动的玫瑰色的雾霭中呼吸
返照因陀罗网的珠玉
无尽地重铸我们的生命

潜藏在冬天的摇篮的魔力和
在冬天施给万物发芽的热量——
在这所有里面燃烧的一切 与“时间”的脉搏一起跳动
在我们全身遍通恍惚的电流

我们的皮肤史无前例地苏醒

我们的内脏因生存的喜悦而蠢动

毛发发出荧光

手指得到了独特的生命而缠绕于五体

包藏着言语之道的混沌的真实世界

立即在我们上方显现出了它的样貌

充满光明

充满幸福

所有的歧视都归于一种声音

毒药和甘露也都融为一体

难忍的疼痛让我身体扭曲

巨大的法悦照亮了不可思议的迷路

我们被大雪深埋

融化在天然的元素中

贪婪地吸取无垠大地上的爱

悠悠地赞颂我们的生命

1914年2月12日

晚餐

暴风骤雨中
我淋成了落汤鸡
买了一升米
二十四钱五厘
咸干鱼五张
腌萝卜一根
腌红姜
鸡蛋从鸡舍买来
紫菜像一张薄薄的铁片
炸地瓜干
腌鲣鱼
把水烧滚
像饿鬼一样狼吞虎咽的我们的晚餐

越来越猛的暴风雨
打在屋瓦上
房子颤动高声鸣叫
我们的食欲也一样高昂奋进
迫于吃下的饭变成自己血肉的本能力量
不久我们进入了饱腹的恍惚

我们静静地牵着手
心里叫喊着无限的喜悦
并且祈祷
让日常的琐事都有生命
生活的角角落落都有致密的光彩
我们的一切都满溢出来
始终充满在我们之中

我们的晚餐
带着比暴风雨更强烈的力量
我们饭后的倦怠
让我们不可思议的肉欲醒来
令我们赞叹
在暴风雨中熊熊燃烧的我们的身体

贫穷的我们的晚餐就是这个

1914 年 4 月 25 日

淫心

女人多淫
我也多淫
我们从不厌倦
在爱欲里徜徉

纵横无碍的淫心
夏夜
蒸笼一般闷热的
琉璃黑漆的空气里
我们化成鱼鸟跳跃着
毫不造作

我们都是超凡的人
已经打破了常规的条条框框
我们力量的源泉
始于创世期的混沌
历史生长在它的果实里
消灭永劫不复的时间
然后
人类世界的成坏反复

集中在我们此刻前面的一点
我们的广大 无边无际

淫心冲击着胸膛
令我们激愤
令我们崇拜万物
令我们肉身飞翔
我们发出大声
沐浴着独一无二的荣光

女人多淫
我也多淫
追索淫心深处 不知所向
万物都在这里
我们越发多淫
像地热一般
烈烈燃烧——

1914年8月27日

秋的祈祷

秋天在空中发出澄澈的声音
天空是淡蓝色，有鸟飞过
灵魂嘶鸣
清净的水流进心灵
心灵张开眼睛
变成童子

纷纷扰扰的过去横在眼前
把历历往事给我送来
沐浴着秋日 我静静地看着所有的这些
主动祝福着土地里的营生
百感交集地凝思我这一生的道路
奋然祈祷
不知该说些什么
泪下
被光打动
看树叶飘零
看兽类兴奋地奔跑
看流云和院子里在风中摇曳的草
看如此这般清楚的因果定律

心里感受到强烈的恩爱
又想到难以停止的责罚
难以忍受
给喜悦 凄凉和可怕跪下
不知祈祷的语言
我只是仰望天空祈祷
天空是淡蓝色
秋天在空中发出澄澈的声音

1914 年 10 月 8 日

Ⅱ 道程以后

我的家

我家的屋顶高耸劈开了天空
下面有七个窗户
向外凸出的小窗迎着朝阳
发着鲜红的光 沐浴着夏天的晨雾
抬头一看高高的榉树顶上
一只小雀在婉转歌唱
凸窗的下面
有三个石阶
石阶外面是一片大路
沾满露水的樱树叶子
闪闪发光 静静地点缀其中
樱树们伸着手臂
在浓荫中沉睡不醒
天空徐徐地泛出青色
那明亮无以言表
夏天早晨的光
没有声音
悄悄地照着道路
踩着泥土站在路上
道路迷失在晨雾中
蜿蜒地向前

小姑娘

大概是去工厂上班的小姑娘吧
塌鼻梁的可爱脸上
张着一双长长睫毛的大眼睛
穿过傍晚安静的城市 回家
有点拘谨
可是又一个劲儿盯着某个地方看
就像离群的孤鸟
笔直地往前走
仔细一看 原来她有点跛脚
一下子没看出来
是她走路方法很巧妙的缘故
肩膀微微地晃动
抱着小包的肘部抬了起来
银杏叶发髻[1]的小姑娘眼睛闪光
紧闭着嘴
身上打扮干净利落
可爱而又有点顽皮的小姑娘
眼睛不知盯着何处

---

1 银杏叶发髻：女性发髻的一种，把头发分为两半，分别向左右两边弯曲固定，形成半圆形，状如弯曲银杏叶。

朝着浓荫日暮的城市深处归去
我把莫名燃烧的喜爱之情
把无论何事都愿为小姑娘去做的心情
都变成了温柔的祈祷之心
静静地扫着道路

丸善工厂的女工们

“这样都算好的啦
能给借伞的工厂上哪里去找啊”
年轻的女工四五成群合打着粗陋的雨伞
在傍晚五点的阵雨中
踮着脚尖 折起和服下摆掖进腰带的样子优美可爱
走过千驮木安静的街道回家去

啊 刚才擦肩而过的女工们
在丸善墨水工厂工作的女工们
你们真是朴实啊
看起来孤独其实热闹
看起来拘谨其实开朗
看起来好像有各种担心事
但其实你们满怀着各种各样的梦想
旁人无法想象的有趣又可笑的梦想啊
在大把大把的青春里
华丽绽放的你们啊
是连让你们自己醒悟都觉可惜的酣醉
从蔬菜店回来的
这位鹤立鸡群的大叔

你们当中的一个人看见他就笑了
大叔是很喜欢这笑的啊
没来由的可爱的笑
啊 这可是我淡忘已久的东西哟

丸善的粗伞下的一群
年轻娇小的女工们
被飞溅的雨水淋湿着 急匆匆地
小心地择路而归
在像是过路雨的倾盆大雨里
无意中听见的女工们的话语
展开了一个不可思议的世界
又凄凉又欢乐的世界
似远又近的世界
不知什么地方已经响起了纺织娘的啼叫声

风吹雨打的圣母院

噢 又开始风雨大作了。
竖起外套的衣襟 被横飞的雨水打湿着,
仰望着你的 是我。
每天一次一定会来这里的 是我。
那个日本人。
今早,
从黎明时分猛地开始加速的可怕的暴风雨,
此刻正吹遍了巴黎的每个角落。
我还不知道这个城市的方向。
甚至不知道这场在巴黎一带肆虐着的暴风雨 究竟
　是在向哪个方向吹。
只是 我今天也站在这里,
巴黎圣母院的主教座堂,
只是因为想仰望你就冒雨前来了,
只是因为想触摸你,
只是为了想偷偷亲吻你石头的肌肤。

噢 又开始风雨大作了。
虽然已经是早晨咖啡的时刻
刚才从新桥广场看去,

塞纳河的船都像小狗一样被系在河沿。
在秋色中闪光的岸边行道树——温柔的悬铃木的
　树叶，
像是被老鹰追赶的三道眉草鹀鸟群，
闪着光哗哗地四处飞散。
你身后的马栗树[1]，
张开的枝头每次被风雨蹂躏
灰椋鸟颜色的树叶就飞上天空。
从天而降的雨花又将它们
像射箭一样打碎在广场的石砖上。
整个广场就像一大片图案一样，
遍地都是流淌着的银色的水和金茶焦茶色树叶的
　小岛。
然后是回荡在毛孔里的倾盆大雨的声音。
什么东西怒吼和倾轧的声音。
人类藏起了声音
整个巴黎 人类之外的东西都齐声叫了起来。
外套上披满了金色悬铃木的叶子
我站在其中。
暴风雨在我的祖国日本也是这样。
只是不看你高耸的姿态而已。

1 马栗树：欧洲七叶树。

噢 圣母院，圣母院，
岩石一般 高山一般 秃鹫一般蹲着的狮子一般的主教座堂，
大气中的暗礁，
巴黎的角柱，
被密封在让人睁不开眼的雨的飞砾中，
直面耳光一般的暴风的呼吸，
噢 在我眼前耸立着的巴黎圣母院啊，
正在仰望你的是我。
那个日本人。
我的心此刻看着你 剧烈颤抖。
目睹你这样悲壮歌剧似的样貌，
从遥远国度而来的年轻人心里充满感动。
是这个缘故吧 不知不觉心里发出高声呼唤
和空中的风雨声合为一体久久回荡 让人不禁战栗不已。

噢 又开始风雨大作了。
像是要极力抹消你的实际存在
把它打回原来的虚空似的 这天然的地水火风的咆哮。
迷雾中发射磷光的雨线的纷乱。
在你头顶斑驳地掠过的流云的鳞片。
像要折断一两根钟楼柱子一般纠缠不休的旋风的

狂暴。
向玫瑰窗[1]上部的花纹雕刻碰撞、飞溅、流动、扇动翅膀的无数发出小小光芒的小精灵。
水花之间若隐若现的高处边缘伸出的怪兽形状的滴水，
接住了乱舞的精灵，
抬起前腿伸长脖子，
露出牙齿喷射出燃烧的水柱。
不可思议的石头圣徒的行列做出奇怪的手势互相点头，
横着的巨大飞拱总是露出上臂。
那斜着画圆弧的几条手臂上
噢 是怎样的暴风雨的倾注啊。
在那里听到弥撒日的管风琴的奏鸣。
那高耸塔尖的顶头上的鸡怎样了。
震动的水的幔帐铺天盖地。
在那里你站立着。

噢 又开始风雨大作了。
风雨中
坚强地承载着八个世纪之重的主教座堂，
往昔心有信仰的人们用手一块块堆积起来 施以雕刻的上亿石头的集合。

1　玫瑰窗（the rose window）：也称玫瑰花窗，为哥特式建筑的特色之一，指中世纪教堂正门上方的大圆形窗，内呈放射状，镶嵌着美丽的彩绘玻璃，因玫瑰花形而得名。著名的玫瑰窗有法国巴黎圣母院的玫瑰窗等。

通往真理和诚实的永恒的高台。
你只是默然独立，
一直忍受着肆虐横吹的暴风雨的力量。
你知道天然的力量的强大，
并且拥有只要大地不动就任凭风吹雨打的心的沉着。
噢 锈迹斑斑的、在雨中闪光的灰色和铁色的石头肌肤，
去触摸它们的我的手
简直就像触摸到埃斯梅拉达白色的手背那样。
那个爱着埃斯梅拉达的怪物
喜欢暴风雨的驼背卡西莫多藏在钟楼装饰线条的阴影里。
那个装在丑陋身躯里的正义的灵魂，
坚韧的力量，
伤害他的人、打他的人、要做坏事的人、蔑视他的人
还有吝啬的人，所有这些人的口舌他都沉默地背对
把自己变成卑微的尘土奉献给神灵，
噢 那怪物分明就是你所生的。
并不佝偻、不怪异、更加开朗更加日常的卡西莫多，
被你小心呵护的 充满了庄严母爱的温柔胸膛

养育，
从那以后又生出了多少个他啊。

噢 风吹雨打的主教座堂。
换了口气又重整旗鼓的急风骤雨
猛然敲下来的一记指挥棒，
天空中所有的乐器都混乱不堪
此刻在圣堂周围回旋的乱舞曲。
噢 这样的时候沉默耸立的圣殿，
静静守护着苦于暴风雨的巴黎的家家户户的圣殿，
此刻在这里 有这么一个人
把两手放在你四角的基石上
将滚烫的脸颊紧贴在你的肌肤上 请不要把他看成
无礼之人，
这个沉醉的人就是我。
那个日本人。

1921年9月

拉科奇进行曲[1]

满场的听众鸦雀无声。
就像等待着猎物的黑豹的安静，
电流的静寂，
像毛骨悚然的无风带的观众席人海中，
匕首般锋利地闪着光的数千人的眼，
全部集中在抬起了指挥棒的柏辽兹[2]的背影上。
抬着手巡视了乐团片刻之后，
咽喉肿胀的柏辽兹，
此刻出人意料地挥下了安静的四拍子的指挥棒。

预期着听到突然加强的听众们反应各不相同。
听众们的头顶上 异样不安的波纹一圈圈扩散
　开来。
可是缓慢而嘹亮响起的小号声，
那俊朗和堂堂的威风
镇压了听众们的动摇。

1　拉科奇进行曲：柏辽兹所作戏剧《浮士德的沉沦》中的进行曲，广为人知的是它的别称《匈牙利进行曲》。

2　柏辽兹：即艾克托尔·路易·柏辽兹（1803—1869），法国作曲家，有强烈的浪漫主义倾向。他确立了标题音乐的音乐形式，作为音乐理论家留下了卓越的功绩。

五秒，十秒
当小号的回响就要远远地消散在空中时
盘旋着的全乐队顿时迅速地，
并且优雅地转向这方
载着遥远梦境的旋律撒着欢飞奔而来。
清脆的长笛和低沉的单簧管手拉着手，
跨着打满银钉的马鞍出现在了绿色的山角。
弦乐器充满弹力的拨弦，
穿过节奏将队伍的角角落落都掬起，
缝合，
像钢铁般强硬，
又像在枝头跳来跳去的小鸟一样轻快，
一边镶嵌着金色的小花，
一边描画出干脆而错落的美。
不知从何处而来 祖国的气息清风拂面。
听众一动不动地肃静着。

紧张至极的乐手们的神经，
被不可阻挡的势力所裹挟 沿着天空的轨道飞奔
所有的乐器变成了活着的有机体，
包围着
在空中画着不可思议的象形文字的指挥棒 不停鼓动。
最后的拨弦响起的刹那，
随着顿时吹起的低音热旋风，

后排的钹敲出了果断的一击。

局面急转直下，

手套被扔掉，剑鞘被拨开，

噢 终于粲然露出真容的拉科奇的数万灵魂的叫声，

那呼吸，那低吟

惊涛拍岸又掉头回去之时，

瞬间又化成水雾猛然袭来。

在波澜中神出鬼没的火精灵莎拉曼多拉[1]。

弦乐器追着管乐器

飞越，被飞越，跳跃，低吟，怒吼，喜悦，分离，相逢，

转体三周紧贴绝壁延伸而下，

又逆流而上变成巨大的瀑布轰鸣着落入无限的深渊。

最低音部的底层有无数的精灵在挣扎呻吟

朦胧的混沌的数秒。

噢 那时从远方涌来的浓雾深处的大鼓。

蓦地喷射出来的坚定的喇叭。

昂然抬起前额

奔跑着登上急坡放眼远眺的精锐

闪光者的闪光，

---

1 莎拉曼多拉：英文名为 fire salamander，一种普遍认为生活在火里的生物，即“火蜥蜴”，火之精灵。

对打者的骚扰，
将天声悄悄告诉人类的永远的圣火，
各种声音从全体乐队中爆发，
音乐厅的空气汇成旋涡，
忘我的听众站起来狂热地鼓掌跺脚。
每一个音符都是他们的一滴血，
所有的节奏都是他们生命的节奏。
他们听见自己的声音就像雷鸣般轰鸣。
压倒了进行曲乐声的听众的欢呼和激越。
柏辽兹的头发因为恐惧而直立起来。

米久[1]的晚餐

八月的夜此刻在米久混沌地煮开了。

在 L 字形敞开的两个大房间里
满满地坐着的生物的海洋。
黄金棒[2]的黄烟和带着烟火气的电光的旋涡之中，
前后左右，
到处都是人脸、帽子、系头巾、裸体、怒号和喧闹，
啤酒瓶、酒壶、筷子、玻璃杯、小酒杯，
烧焦的牛肉火锅和四处散落的南京米[3]饭，
这样一边统治着这浸透了汗水的热气蒸腾的暴风雨，
一边上好了发条纵横飞舞旋转
噢 把那躲起来的第六感的眼睛和耳朵放在手掌里
　拿着
梳着银杏叶发髻的狰狞的母系氏族的群落[4]。

1　米久：位于浅草千束町的素烧（日式火锅）店。

2　黄金棒：香烟牌子 Golden bat 的略称。明治三十九年（1906）上市的一种香烟。

3　南京米：从中国（或东南亚）进口的米的俗称。米粒细长，煮出来的米饭没有黏性。

4　银杏叶发髻在江户中期为十二三岁到二十岁左右的年轻女性所梳，明治时代以后为中老年女性所用。此处应该指在厨房和店里服务的中老年女性。

八月的夜此刻在米久混沌地煮开了。

从天蝎座倒立的暗蓝紫色南天吹来的广阔的风，
把房间里充满着的洋葱和火柴的气味
适时地一下子吹干净
并将遥远大海的新鲜臭氧分发在大家的团扇上。
我沉浸在食后爱饮的涩茶的浓厚滋味里，
朋友则总是为绝品卷烟“朝日”点上火。
且喝且吃，然后陷入久久的沉默。
在大海轰鸣的底部悄悄私语的梦幻和现实的交响乐。

啊 这位老爷好久不见了，那边不行啊，请坐这里……
阿金，挂钟下的那位要结账啦……
于是呢，大叔，我的小队把那铁桥……
哎，酒还没好吗？酒、酒……
来米久还那么要威风是不行的哟……
还那么地年轻哦……
看呀 那边坐着的叫做什么社会主义的女人，真的很
　老实呢……
可是老大，小敦那边的小年轻们也……
那个呀我是知道的，我知道呢，稍等……
打烊是什么时候……
十一点半呢，请您不用着急，慢慢来……

真太热了啊，都汗湿透了……

您怎么了，是结账啊，您一人份的鸡蛋和啤酒，
一元三十五钱……

哎哟，错大了，还有一瓶藏在这里呢，一元八十钱……

啊 不好意思……是，是哪位叫的……

八月的夜此刻在米久混沌地煮开了。

把挤挤挨挨摆着的锅台前
当作自己在这世上最舒服的居所
在正直诚实的食欲和闲聊里倾尽此刻欢乐的群集，
简直就像灵魂的泡澡那样
把自己的心毫不在乎地完全裸露的群集，
如此这般 连奇怪的犄角旮旯的黑暗都清楚地暴露
出来
喝酒、饕餮、叫唤、大笑，偶尔发怒的群集，
让人世间内壁的无限的阴影开出花朵
让哪怕只有今夜高兴地大快朵颐的群集，
忘记要干到天黑的明天
让年老的年轻的女人们看看男子汉的豪气 慷慨散
财的群集，
被母系氏族训斥缩成一团的小混混的群集，
在意新做的西装、从桌子四角用筷子戳里脊肉的
群集，

仔细品味着自己赚来钱的美妙滋味的群集，
群集，群集，群集。

八月的夜此刻在米久混沌地煮开了。

我和朋友兴高采烈，
盛赞成为我们血肉的堆成山的牛肉，
在这刚健的人类食欲和兽性中倾听永不停歇的自然的声音，
感受到给这个世界的动力提供这种盲目要素的深深的心意，
又为随处可见的纯美人情的一幕小景而含泪，
就连上了年纪的女掌柜那洞察世故的简短的寒暄问候
人们都会送去被拥抱或者拥抱的爱
作为这群集的一员 把发自内心的热情浇到毫无关系的他们头上，
心里孕育着不可思议的泼辣之力静静地从座位上站起了身。

八月的夜此刻在米久混沌地煮开了。

1921 年 12 月

披拂着落叶站立

不知像是哪里熏着伽罗香气的日本的秋
优雅 清净 万里无云的晴朗秋日。
连鸟的身影都纵横自如地散发着温暖的十一月的
　消息，
和猛然间轰鸣的巨大午炮声一起，
齐声发出叫唤的遥远田间工场的汽笛
都争先恐后地
在空中描画着天真的欢喜之轮。
就是那个时候，我
向停在“无关者禁止入内”的牌子上的红蜻蜓打着
　招呼，
钻进了三千坪荒废的樱林里，
沉默站立着 沐浴落叶。

啊，多余之事的好处呀，难得呀，宝贵呀，
这天然的浪费的喜悦呀，
这沙沙地堆积着、飘散着的铁锈般的樱树红叶啊。
至少让我沉醉在你大方而豪放的雄姿里吧，
在装模作样的、吝啬的世界里待不下去的我，
至少让这样的我寄身于你，

让我沉浸在秋日烟熏蒸腾的太阳地里，
你向着世间倾囊倒出的、毫不吝惜地扔出的
数不尽数的、源源不绝的美里面吧，
直到我的身体和灵魂都睡去。

手感粗糙的笨拙的粗大树干，
不知不觉中在山雾弥漫里伸长手臂，
沿着俵屋[1]喜爱的舒缓曲线绽放千万枝条，
将玄妙的大网撒向天空
樱林白天的时间，
温暖和煦似为永恒，
一放开那小枝条，
就从忽明忽暗的树梢上不停地，
吧嗒吧嗒地落下来的黄金和玛瑙的叶子。
无论多么优质的狸毛笔画的工笔画叶子，
都在天然的内心丰盛的随心所欲里，
飘呀，落呀，和雨一起降呀，
整一片树林，
沙沙地堆积呀。
在那里面我成了树林的魍魉，魍魉，
渡过浅滩的心里泛着涟漪走来走去，

1 俵屋：即俵屋宗达，桃山末期、江户初期的画家。他吸收了日本画的技巧和样式，并加入了大胆的装饰元素，在水墨画方面别开生面。

摇晃小树，久久地趴在那里，
又站起来靠近老树温暖的肌肤。

——弃之不理好吗，
就那样任它满满的不阻止好吗，
超乎寻常地满溢出来是珍贵的吗，
被不存在的阴影覆盖 融入到天然的元素中是快
　乐的吗——
落叶哟，落叶哟，落叶哟，
无时无刻不落在我心中的无数的金色落叶哟，
飘呀，落呀，和雨一起降呀，
厚厚地铺在灵魂的森林里，
丰盛地堆积 腐烂
不久就变成温润柔软的腐殖土温暖我的心吧。
光明从天而降，
你能快乐地回到土里去吗？
现在还是小小的、生长缓慢的这片森林，
到世间美丽辉煌的花园几度荒废殆尽时，
就会成为郁郁苍苍的树荫让鸟栖息，让兽歇宿，
　让人安睡，
充满臭氧的圣洁而豪迈的空气之源，
川流不息的生命之泉的母胎——一直到那时候。

越过森林边上的风靡枯草的原野，

和人家相似 不算小的我家的屋顶，
反射着蔚蓝的天空，
亲近人类的眨眼，
在闪闪发光呼唤着我，
啊，我还不能回去。
前面，后面，上面，下面，
不都是这些落叶的招待吗?
不都是太阳的微笑吗?
不确乎是日本的秋天吗?
就让我再多沉浸一会在这深深的天然的怀抱中，
倾听着模仿麻雀的伯劳鸟的啼声，
给心注入丰饶的麻醉吧，
沉浸在多余之美当中吧。

1922 年 11 月 14 日

我爱铁

请把你身后暖炉上
藏在《瘗鹤铭》[1]下的
铁烛台给我拿来。

看似旧五金店的仓库里随处可见的东西，
姑且拭去尘埃 把它放在这厚厚的榉木台子上吧。
往昔镰仓幕府兴盛之时，
用冶刀剩下的铁打造的
一尺上下的细长角铁。
上面安上饭碗形状的铁盘，
下面包上一个大铁盆，
多么理所当然、坚固耐用、满不在乎，
又沉默不语，像把万物都吸进去似的深奥。
长满了黑锈，从铁锈的角上露出了本色，
虽然荒凉斑驳却顺滑，
耸立着尖锐的角 深处的柔和包着光亮，
给这个在被弃之不顾的灵魂里呼吸的

---

1 《瘗鹤铭》：瘗鹤，即埋鹤之意。是中国六朝时代所刻的著名碑文。碑文书风古朴自然，字体厚重高古，字号大小不一，不具真名，不录书写纪年，是中国书法史上绝无仅有的异品。

铁烛台点上火吧。

再一次伸出手去

把那扇大窗打开吧。

像梅雨一样的晚春的雨

封印着风静静地，

将樱树嫩叶下的道路沾湿。

含着茂盛的阴暗，

饱和着模糊的明亮

这淡绿的日暮的空气中，

你此刻，

正要就什么能比死亡还要有着可怕幻影的这个话题，

告诉我你心的遍历和新的开始。

那么就在这开放着的蓝色窗子靠近雨的地方，

把这个不是金子，

不是玻璃，

也不是熏银的，

铁制烛台的小小红色火焰放上去吧。

1923 年 5 月 10 日

Ⅲ 猛兽篇

白熊

留着粗砂糖般的残雪 北风劲吹的布朗克斯公园，
他长着一张木讷的日本人的脸
难得的星期天 还站在白熊笼子前。

白熊也沉默着 不时看看他。
还以为白熊这家伙行动迟缓
没想到一下子跳起来，晃动着身子把冰砸碎，在水中沐浴。

岩石做的洞穴上挂着尖尖的冰溜子
发着七彩的光
他的头脑里不停演奏着像是忿怒一般的轻快的回旋曲。

从七美金的工资里扣掉了房租
几枚硬币发出秃鹫啄食似的声音在口袋里叮叮当当。
他把手伸进口袋沉默地站着。

两只大白熊从水里出来，
令人联想到北极地平线一字型的脊背起伏着，

无声地在冰冻的水泥地上走来走去。
无比真诚的扁平额头 淡红色的贪婪的嘴唇，
蕴藏着无穷力量的白皑皑的四肢和身体，
异国风情的磷火般的小眼睛。

他倚着栏杆任凭寒风打着耳朵，
在萧条的灵魂的雪原上
燃烧着不知来由的快乐而壮烈的心。

白熊这家伙终于还是不能和人亲近，
内心背负着惊人本能的十字架，
在纽约郊外孤独地吐着北冰洋的气息。

教养主义式温情的卑微充满着他的周围。
让人喘不过气那样难得的基督教式的唯物主义
正要杀死一个做梦的日本人。

白熊也沉默着 不时看看他。
第一周时最初没有听大路上的声音，
他也被沉默包围着 在庞大的白熊面前久久伫立。

1925年1月19日

狂奔的牛

啊 你那么地颤抖
是看到了刚才的它们呀。
简直就像过路的魔鬼一样，
从这深山的槙木林中呼啸而过，
在这深深的寂寞之境引起那样大的雪崩，
现在又不知去哪里了
那狂奔的牛群啊。

今天就到此为止吧，
画了一半的穗高岳三角形的山脊上
已经出现了绿土色[1]的云彩。
融化了枪岳上的冰的
那蔚蓝色的梓川上
已经覆盖上了群山的影子。
山谷里的白杨远远地随风飘荡。
今天就不要再画了
只要不玷污人迹罕至的神域
燃一堆你喜欢的野火吧。

1　绿土色：水彩画颜料，GREEN EARTH。

在大自然扫净的这片青苔上
你也安静地坐下吧。

你之所以那么地颤抖
是因为看到了
为了追赶潮水般奔逃的母牛群而气喘吁吁
那浑身是血的、疯狂的年轻公牛群吧。
不过 在这神圣的山上看到那种露骨的兽性
总有一天你也会发自内心地感动吧，
当你经历了更多的事情，
有一天在宁静的爱中微笑着——

1925年6月17日

鲶鱼

脸盆里发出泼喇喇的跳跃声。
夜深了 小刀的利刃闪闪发光。
切削树木是冬夜北风的工作。
即使没有了放进暖炉的煤炭，
鲶鱼啊，
你莫不是在冰层下面正做着美梦吧。
桧树的木片是我的眷属，
智惠子并不为贫穷所动。
鲶鱼呀，
你的鳍有剑，
你的尾有触角，
你的腮有黑金的镶边，
就这样你的乐观加上你坚硬的头，
这是向我的工作多么有趣的问候啊。
风吹下来 木地板的房间里漂着兰花的香气。
智惠子睡了。
我把刻了一半的鲶鱼推到一边，
换上新的磨刀水
为了明天更加锐利 清清朗朗地磨着小刀。

1926 年 2 月 5 日

苛察

大秃鹫翻转着脖子看着天空。
空中连飞落的叶子也没有。
我叮叮当当地敲打铁丝网。
震动身子——这样
大秃鹫那死认真的巨大的眼睛
像长枪一样刺来。
竖着毛瞪着我眼睛的那双眼，
我又盯了好一会儿，
都是这冬天正午的不为人所知的心痛在作祟。
“秃鹫啊，对不起啦”我说道。
这个世界上，
看是痛苦的。
看到是残酷的。
看破是危险的。
我们的孤独究竟从何而来？
这冰冷的石头栏杆，
抑或那无底的碧空应该知道吧。

1926年2月28日

狼狈不堪的鸵鸟

养鸵鸟有啥意思呢?
在动物园四坪半的泥泞里,
那两条腿不是显得太大了吗?
那脖子不是太长了吗?
这样的话 在下雪的国度 羽毛不是显得太狼狈了吗?
虽然肚子饿了也许会吃面包干吧,
但鸵鸟的眼睛不是只看着远方吗?
那眼神不是好像既没有自己也没有这个世界似的在燃烧吗?
不是一直盼望着琉璃色的风马上就要吹过来吗?
那小小的朴素的头不是因为无边无际的梦想而拼命地往上拧吗?
这不是已经不是鸵鸟了吗?
人啊,
赶紧停下来吧,这种事情。

1928年2月7日

IV

猛兽篇时代

星期一的谐谑曲[1]

“然后呢，先生，
实在太过分了，我呢，就给他说了，
那是我屁股哟。
是在电车里，而且是大白天呢。
之后就去看电影，然后还喝了甜酒，
甜酒很好喝，我哭了。
先生，您是知道的吧，莉莲·吉许[2]，
这样一来又突然停电了，
哦 之后又去了川崎的阿姨家，
那里真是好风景哟，
还游了六乡川[3]
虽然冷但晴空万里
‘皮—奇—，皮—奇—’地叫，那是什么鸟？
不知从哪里来的开着车的外国人，
对我说‘早上好呀，小姑娘’，真傻呀，

1 谐谑曲：（意大利）巴洛克时代流行的一种幽默轻快的器乐小曲。

2 莉莲·吉许（1896—1993）：无声电影时代的美国电影明星，她与妹妹多萝西共同以童星的身份登上舞台。自那之后便长期活跃于银幕和电视上。代表作有《一个国家的诞生》（1915）、《残花落》（1919）等。

3 六乡川：流经东京都大田区和川崎市之间的多摩川的别称。

我笑得跑走了。

然后呢，然后呢……”

完全变成了一个只用了周日一天就周游了世界，

刚从国外回来的非常健谈的人

滔滔不绝的十六岁模特女郎的身体里

跳动着多么欢快的周一谐谑曲的拨弦声！

把一大块煤又扔进一个暖炉，

我远远地听着 在这下霜的清晨重新开始循环的，

那英雄都市的齿轮之声，

又想着在新的高峰时刻拥挤人群的急迫力量

还不如索性猛然，

向这充满活力的谐谑曲里打进短促的铜鼓声。

“来吧，快干吧”

车里的罗丹[1]

黑漆漆的铁板围成的三等车厢里挤满了群众。
群众无处不在 让罗丹痛苦。
在福利贝热尔的“时俗讽刺剧场” 群众为穿着睡衣
　的巴尔扎克的幽默捧腹大笑。
疯子、野兽、利己主义、独善其身、徒有其表，
这些都成了罗丹的形容词。
朋友们一个个地离开了他。
见面也说一些场面话，
离开后大家都怜悯地笑话他。
就连替他辩护的批评家
也给自己留下了随时可以逃避的余地。
即使偶尔奉上像是尊敬的东西，
那也是披着尊敬外衣的轻视。
但是无论在像装甲车一样黑漆漆的三等车厢的角落
　里怎么思考，
罗丹都不认为是自己错了。
不知道自己哪里不对。

1　罗丹（1840—1917）：法国雕刻家，以自然主义为基础，用卓越的手法完美展现生命力的19世纪最著名的雕刻家。代表作有《思想者》《地狱之门》《巴尔扎克像》等。

只是做了理所应当的事，

遵从了自己内心规律的事。

万一自己制作的巴尔扎克有那么不堪，

责任也在神那里。

“随你便吧”，他不禁眉头紧皱睨视着眼前的男人。

喧闹的群众立刻让罗丹变得无精打采。

沾满泥巴的寂寞实在难耐。

就是三等车厢经过了塞弗尔[1]以后

罗丹也一直望着窗外。

突然肩膀被人拍了一下。

欧仁·卡里埃尔[2]微笑着伸出了手。

“你让过去的美术家们都在你心中复活 然后变成现在的人了吧。”

这么说着 凝视着罗丹。

“拥有崇高理想的人是如何为普罗大众做贡献的 世间的人不知道，

一旦知道了美的英雄 就不会变得低俗。”

从沉默的罗丹的眼里，他看见了真正的信仰和光明的苏生。

不久罗丹静静地开口了。

---

1 塞弗尔：位于巴黎郊外塞纳河左岸，以陶瓷业闻名。

2 欧仁·卡里埃尔（1849—1906）：法国画家。擅长以近似黑白色调的淡灰褐色调描绘梦幻般的作品。被称为母性爱的画家，给罗丹以很大影响。代表作为《母与子》。

“卡里埃尔先生，那边姑娘的后颈简直就和玛利亚一模一样啊。”

后院的罗丹

啊 比如说就是这样吧，
那棵树的枝条向这边弯折，
荣军院[1]的屋顶就在对面，
午后的阳光深深地斜照，
两只麻雀。
啊 比如说就是这样吧，
圆雕的秘密
正是那只小鸟衔着呢。

七十四岁的罗丹白髯飘飘，
两只大手胡乱地搓着。
像是过去在学校学会了
“难以抗拒的力量”这个词那天似的兴奋，
不觉让他全身战栗不已。
一直到明早之前 把这个差点被恶魔偷走的幸福
埋在什么地方吧。
没有安放身体的地方，
罗丹只能一直坐在石头的长椅上。

---

1 荣军院：位于罗丹画室旁边。现为军事博物馆，拿破仑墓所在地。

“愿水盘在不知不觉中变干吧”
巴黎的冬日在无声地蒸馏。

罗丹已经什么都不看，什么都不听了。
有谁知道虚无的深奥呢。
不可思议地 一生的跌宕起伏都消失了，
只有沉默不语的三千年的大路。
简直就像别的国家 别的气味。
但却毫不矛盾的母亲的怀抱，
父亲的脸庞，温柔姐姐的悄悄亲吻，
罗丝・布雷[1]、克劳黛[2]、克拉代尔[3]、花子[4]。
黑玫瑰一样永远的爱的微光。
脱落的境界线上浮现的轮廓的明灭。
断绝了凹凸的
造型
贯彻了无韵的
空。

天旋地转的眩晕后，
罗丹突然醒悟了。

---

1 罗丝・布雷：罗丹的模特、妻子。

2 卡蜜儿・克劳黛：雕塑家，罗丹的模特、情人。

3 朱迪斯・克拉代尔：罗丹传记作者，晚年的红颜知己。

4 花子：日本女演员，罗丹以她为模特画了 53 幅速写。

沿着黄昏时分的毕宏宅邸[1]的台阶
背着双手从庭院拾级而上的他的脸上，
啊 有着多么朴素的飞跃啊。

——这样 我把书合上了。
万籁俱寂的驹込千驮木林町中，
下霜的凌晨两点的黄钟调钟声[2]久久回荡。

1925年12月9日

1 毕宏宅邸：1919年对外开放的罗丹美术馆的主体部分，曾经隶属佩朗克·德莫拉的宅邸。修建完成于1732年。巴黎洛可可建筑的瑰宝，两层楼里收藏了众多奥古斯特·罗丹和卡蜜儿·克劳黛的作品，以及罗丹藏品中的绘画、雕塑和古代艺术作品。

2 黄钟调钟声：此处指钟表发出类似于雅乐的黄钟调（六调中的一种）一般的声音。

火星出来了

火星出来了。

“总之怎么办才好呢”这个提问，
会让好不容易才找到的思索的道路回到起点。
“总之怎么办都好吗？”
不，不，无限大的不。

等着就好，这样以最初的力量，
消灭你那着急提问的软弱就好。
思考已经预定的结果是可耻的。
在正确的原因里生存，
只有那样才是洁净的。
为了把你的心晃醒，
再一次高高地抬起头，
望向在这夜深人静的驹込台[1]正上方照耀的
那个大且红的星星，就好。

---

1 驹込台：东京本乡驹込林町的高台住宅街。因东京空袭去岩手县花卷町疏散之前，高村光太郎曾长期住在这里，并设有画室。

火星出来了。

寒风吹着皂角荚子嘎啦嘎拉响。

狗发情了在狂奔。

踩着落叶

从树丛中出来

就是悬崖。

火星出来了。

我不知道

人必须要干什么。

我不知道，

人应该得到什么。

我想，

人可以是天然的一片。

我感到，

人正因为是等于无所以才大。

啊，我浑身发抖，

等于无这件事的可靠啊。

连无都消灭了的

必然的弥漫啊。

火星出来了。

天空向后方旋转。

无数遥远的世界浮现出来。

我像往昔的诗人一样，

不看其中天使的眨眼。

我只是倾听，

那深深的以太波一般的声音。

如此　只见

世界是无止境的美丽。

充满陌生事物的令人窒息的美

紧紧地向我逼来。

火星出来了。

1926 年 12 月 5 日

冬天的语言

冬天又来了 让天与地洗净铅华。
冬天洗出来的是万物的本质。

天还是那么高远
树木彻底地纯净。

虫子完成了生殖 平心静气地死去，
下霜了草就枯了。

这世间仅有的装腔作势
冬天瞬间就碾压净尽。

冬天吹着北风的喇叭宣言：
“丢掉人类手制的价值吧。”

“抛弃你们可怜的自尊吧，
只在你们自己的道路上猛进吧。”

冬天又来了 让天与地洗净铅华。
冬天寻求的是万物的本质。

冬天敲着打铁砧板又在高喊，
“把一生归零后再参与人生吧”。

1927年12月11日

理所当然的事

因为是理所当然的事
所以就做理所当然的事。
看到天空就神清气爽
所以就来到崖边看天空。
看见太阳就高兴
所以在林间看水盆大小的鲜红日轮。
去山里就变得洁净
所以就和山与谷的回声对话。
去大海就能目睹永远
所以在船上惊异于巨大的星座。
河水悠悠
所以一直站在岸边看。
雷是不合常理的威胁
所以听见雷鸣就缩成一团。
暴风雨一过就有好闻的香味
所以沐浴着水滴在绿叶下逍遥自在。
鸟鸣比我自己的声音更像我的声音
所以我入神地听着樱树枝上的三道眉草鹀的高声鸣叫。
思念死去的母亲

所以我因在正午的街头看到母亲的幻影而欢欣。

女人比花更娇艳温暖

所以对哪个女人我都敞开心扉倾倒于她。

人类的身体粲然夺魂

所以我沉溺于贪享所有的裸体。

因为我讨厌伤害别人

所以不会帮助杀人犯。

个人的私事太猥琐

所以把一生归零专心求道。

想要和大家打招呼

所以抬起了手。

想要倾诉五脏六腑的纷乱和憧憬

所以写简明扼要的诗。

诗寻求生动的语言

所以对华丽的修饰敬而远之。

爱是朴素的热情

所以只想它像空气那样充满全身。

被正确和美丽所吸引

所以化身为磁石的针。

因为是理所当然的事

所以要去做能平心静气地做的事。

1928 年 4 月 9 日

那首诗

读了那首诗就想写诗。

读了那首诗发电机就低吼起来。

那首诗终究还是那首诗。

那首诗是高度的万物之源的无限变化。

那首诗也杂然并列。

那首诗也是矛盾抵牾和支离破碎。

那首诗贯穿在深处的活动中。

那首诗是清算以前的展开。

那首诗是坚定不移的必然。

那首诗有着生理构造。

那首诗汩汩地奔流过空间。

那首诗落入黄泉飞上九天 破灭了又苏醒。

那首诗打破形态又孕育形态。

那首诗是电子的相斥相吸。

那首诗活在眼前咫尺。

那首诗极其严厉却又和蔼可亲。

那首诗不可思议得像是马上就能抓在手中。

猛然发觉那首诗居然也写在散步的石径上。

1928 年 12 月 19 日

绝体绝命

看着山雀啄食麻仁
我此刻在雕刻山雀。
这只木刻的山雀雕好后
就会飞向清朗的冬日天空。
在这世上生出这不可思议的
就是我赌上性命在地上的工作。
“这样的不可思议能成为什么？”这么说着，
沐浴了几个世纪的血的你，我忍辱负重的朋友啊
会伸出你巨大的不可抗拒的手吗？
噢我难以拒绝的亲爱的朋友哟，
你不如将我撕成两半吧。
这小小的创造的技艺
此刻要求我的全部身心的投入。
直到这只山雀展翅飞向天空
我在这绝体绝命的境地应和着太阳。

激荡的东西

有用这样的语言表达不出来的东西
有不赞同这样的想法的东西

有用这样颜色画不出来的东西
有用这样的观察法不能描绘的东西

有和这样的道路完全不同的道路
有完全不能嵌入这样的图形的图形

这样的东西充满了这个空间
这样的东西在微尘里激荡不已

只有这样的东西即使讨厌也能打动自己
只有这样的东西才能让这金线草长出星星点点
　的红花

孤独为何珍贵

是战胜了孤独之痛的人们
默默伸出的结实的手和手的联合
与无法忍受孤独之悲的
弱者们的乌合之势无缘
孤独为何珍贵
是因为它是在孤独的信赖里连接千里的人们
那预测未来的眼和眼力
从那里来的就是无尽的某种热风

磨刀人

默默地磨着刀。
日已西斜还在磨着。
把内刃外刃严丝合缝压在一起
换了磨刀水再继续磨着。
到底想做什么呢，
好像连这个都不知道似的，
将一瞬的气聚在眉间
在绿荫里的磨刀人。
这人的袖子渐渐磨破，
这人的胡须变得花白。
是愤怒是必然还是幼稚，
他只是在无可奈何地
追赶着无穷级数吗？

1930 年 6 月 5 日

另一个自转的东西

被春雨淋湿了一半的早报
托在手里有点重
有点洇墨的活字告诉我
将这世上的文字斩成寸断的
世界的铁和火药和他们背后巨大的东西
又一次朝着难以停止的方向前进

无法阻挡的大地的运行
我弹开粘在报纸上的樱花花瓣
另一个大地在我的体内自转

1932 年

雕刻鲤鱼

雕刻鲤鱼。

深深地沉入幽暗的水底，

忍受着鲤鱼群中回响的酷烈的磁暴，

感知着一切 屏息静气地雕刻鲤鱼。

可激浪跃瀑、

可乘云化龙的鲤鱼，

我捕捉它们在悄无声息的幽暗中的炽烈。

雕刻鲤鱼的无言。

六月的嫩叶把水染绿。

此刻我欣喜于暗绿色幽深的水，

那幽暗水底里鲤鱼集聚力量一动不动。

我雕刻这样的鲤鱼。

奇特的贫穷

这个男子的贫穷是奇特的贫穷。
有的时候就吃最高级的料理，
没有的时候就吃菜叶和山药粥。
明明有可以学习的技能却丝毫学不会，
越学习工作越拖延，
人们都烦透了不愿理他。
好像没有物质上的欲望
物质好像也不愿来他这里。
比上不足比下有余这种惬意的生计
他天生命里就没有。
无妻无子家徒四壁的房子里
堆积的只有尘埃和木片。
衣袖破了木屐裂开，
一个人喝完水站在寒风里。
即便如此他也不觉得自己贫穷，
把最高级和最低级的混杂在一起
像念珠一样紧挨着不分离。
好像有什么丰美的宝贵的东西
在那里面等着似的
带着无限惶恐的心情贪婪地看

这世间的深奥和美丽。

这世间没有什么幸与不幸，

只是向着前方行进而已。

有天有地，

有风有水，

然后太阳每天早晨升起。

这个男子奇特的贫穷

这个男子自己也觉得不可思议。

雕蝉

坐在冬日阳光照进来的南窗下雕蝉。
全身干枯 拿在手里轻若鸿毛的知了
基本上断绝了活着的身体的卑贱，
连吃东西的口器都不知道在哪里。
蝉在仿天平时代的小几一角上爬着。
我看它的翅膀。
薄脆透明的天之断片，
这种虫类所有的灵气之翼
缓缓地倾斜着并不逼近，
轻轻地包围着黑绿色的甲胄。
从我雕刻的桧木的肌理中
散发出浓烈的木香充满了房间。
忘却了时空忘却了时代
忘却了人忘却了呼吸。
这间叫做四叠半的工作室
好像漂浮在天空的什么地方。

V

智惠子抄

树下的两人

——看见陆奥安达原的两棵松

松树下站着人——

"那就是阿多多罗山[1]，
那闪闪发光的就是阿武隈川[2]。"

这样甚少交谈地坐着，
昏昏欲睡的头脑里，
只有遥远世界的松风吹遍山上的淡绿。
在这大片初冬的山野里，
不要把和你一起两人静静燃烧 手拉手的喜悦，
隐藏在俯视山下的白云之中吧。

你把不可思议的仙丹放进灵魂之壶里炼制，
啊，这是要将人引诱到多么幽渺的爱之海底啊，
两人一起走过十年的季节的展望，
只是让我看到了你内部的女人的无限。
正是在这无限的境地里朦胧氤氲的东西，
将如此困于感情的我净化，

1 阿多多罗山：即安达太良山。福岛中北部休眠中的火山。由主峰安达太良山（1700 米）和最高峰箕轮山（1718 米）等山峰构成。

2 阿武隈川：发源于福岛县中南部那须火山群三本枪岳附近，流经郡山盆地和福岛盆地，在宫城县注入太平洋的河流。

向如此身负苦涩的我注入返老还童的清泉，
毋宁说这是像魔法一样难以捉摸
却又变幻莫测的东西呀。

“那就是阿多多罗山，
那闪闪发光的就是阿武隈川。”

这里是你生长的故乡，
那白墙的星星点点是你们家的酒窖。
然后我们悠然地伸直双腿，
深深吸一口晴空万里的北国溢满树香的空气吧。
在就像你本人那样清冷舒爽、
柔韧而有弹性的气氛中清洗肌肤吧。
我明天又要远去，
去向无赖之都、混沌的爱憎的旋涡，
去向我害怕的、并且执念深重的那人间喜剧的正中。
这里是你生长的故乡，
是生育了不可思议的另外一个肉体的天地。
松风还在吹，
请再教我一遍这初冬的寂寥全景的地理吧。

“那就是阿多多罗山，
那闪闪发光的就是阿武隈川。”

1923年3月11日

金

不能让工场里的泥土冻上。
智惠子哟，
无论傍晚的厨房多么冷清，
煤赶紧烧起来吧。
卧室的毯子很薄，
即便要在上面盖上坐垫，
也不能让黎明的寒冷
把工场里的泥土冻上。
我是冬夜不眠的守夜人，
放弃监视水银柱，
向那北风发起逆袭吧。
正月里即使有一点冷清，
智惠子哟，
煤赶紧烧起来吧。

1926 年 2 月 3 日

夜里的两人

我们终将会饿死吧 这预言，
是夹杂着簌簌落在雪上的冰粒的夜雨说的。
智惠子虽说早已坦然地接受了命运
但比起饿死 还抱着希望被火烤死的中世纪梦想。
我们沉默不语 想再听听雨的说话 凝神侧耳。
这时好像来了一阵风 蔷薇的花枝在窗玻璃上划过。

1926 年 3 月 11 日

你越来越美丽

为何女人把附属品一件件扔掉以后
就会变得如此美丽呢？
被岁月洗净的你的身体
是在无限空间里飞翔的天之金属。
外表和名声都不可对抗
只有内心清澈
你活着 动着 迅速地制定目标。
女人把女性夺回来
就是因着这样的世纪事业吗？
你静默着站立时
简直就是神的造化。
经常内心感到惊奇
你越来越美丽。

1927 年 1 月 6 日

天真的故事

智惠子说东京没有天空
想看真正的天空。
我吃了一惊 眺望天空。
樱树的新叶间
延绵不断的
正是熟悉的澄澈的天空。
氤氲的地平线上的朦胧
是浅粉色的晨雾的湿气。
智惠子看着远处说。
阿多多罗山上每天绽放的蓝天
才是智惠子真正的天空。
真是个天真的天空的故事。

1928 年 6 月

住在一起的同类

——我缄默不语捏着黏土。

——智惠子在织布。

——老鼠来偷散落在地板上的花生米。

——麻雀又把它抢走。

——螳螂在晾衣网上磨它的镰刀。

——捉苍蝇的蜘蛛三级跳。

——挂着的手巾一个人在玩。

——信件哗啦一声落下来。

——钟表在睡午觉。

——铁壶也在睡午觉。

——木芙蓉的叶子耷拉着。

——咚的一声的小地震。

把油蝉的鸣声当做伴奏

从一群住在一起的同类的头上

子午线上方的大火团倒立着猛地照过来。

1928 年 8 月 16 日

给美的监禁送东西的人

纳税通知书红色的触感在袖子里，
终于从收音机解放出来的寒夜的风在路上。

买卖是多么的不合情理，买到的就是能够拥有的人，
拥有就是隔离，给美的监禁送东西，我。

势不两立的艺术造型的秘技和货币的强硬，
势不两立的创造的喜悦和不耕贪食的苦涩。

在空空如也的家里等着的是智惠子、黏土和木片，
怀里的鲷鱼烧还带着点热气，碎了。

1931年3月12日

人生远视

脚下鸟飞起
自己的妻子发狂
自己的衣服破烂
瞄准距离三千米
啊 那大炮太长了

1935年1月22日

乘风的智惠子

发了狂的智惠子不说话
只给灰喜鹊和鸻打招呼
防风林的绵延沙丘
黄色的松树花粉铺天盖地地飘来
五月晴朗的风中　九十九里滨烟雾蒙蒙
智惠子的浴衣在松林中若隐若现
白色沙滩上长着松露
我一边捡松露
一边悠然地跟在智惠子的后面
灰喜鹊和鸻才是智惠子的朋友
对于已经放弃了做人类的智惠子来说
美得可怕的早晨的天空是绝好的散步场
智惠子飞起来了

1935 年 4 月 24—25 日

和鸻游戏的智惠子

没有人迹的九十九里的沙滩上
智惠子坐在沙里玩。
无数的朋友叫着智惠子的名字。
“智”“智”“智”“智”“智”——
沙滩上留下小小的脚印
鸻们向智惠子靠拢。
嘴里一直在喃喃自语的智惠子
举起双手回应它们。
“千”“千”“千”[1]——
鸻缠着智惠子要她手里的贝壳
智惠子把贝壳撒向空中。
成群的鸻叫着智惠子。
“智”“智”“智”“智”“智”——
干脆地放弃人世间的争斗
已经奔向天然那方的智惠子
她的背影忽然映入我的眼帘。

1　鸻在日语里叫“千鸟”，“千”的发音同“智”。

在离开她二丁[1]远的防风林的夕阳里

沐浴着松树花粉 我久久地索然独立。

1937年7月11日

1 丁：距离单位。一丁约109米，二丁约218米。

难以再见的智惠子

智惠子视人所不能见，
听人所不能闻。

智惠子去人所不能至，
为人所不能为。

智惠子不看真实的我，
却热切地爱恋着我身后的我。

智惠子现在抛开了痛苦的重负，
彷徨来到了无垠荒漠的美意识圈中。

我频频听到她呼唤我的声音，
可是智惠子已经没有返回人间界的车票。

1937 年 7 月 12 日

山麓的两人

裂开两半斜立的盘梯山的后山
阴险地瞪着头顶上八月的天空
山脚下一大片随风起伏的芒草
高高的绿色波浪把我们掩埋
半疯的妻子坐在草上面
重重地靠在我的手上
像哭个不停的女孩一样恸哭
——我马上就要不行了
我们即将要被袭击意识的宿命之鬼抓住
而和无处可逃的灵魂别离
那无法抵抗的预感
——我马上就要不行了
山风冷冷地吹着被泪沾湿的手
我默默地入神地看着妻子
她从意识的分界线上最后一次回首
紧紧地抓着我
这世上没有能把这个妻子救回来的办法
我的心此刻裂开两半 脱落
静静地与笼罩两人的这片天地融为了一体。

1938 年 6 月 20 日

某日的记录

完成了一幅水墨的横轴
一边等待墨干，一边站着打量
从上高地看到的前穗高山的岩石幔帐
渗透了墨色的明神峰的金字塔
作品消灭了时空
雾气从天上吹到我的脸上
我的精神没有丝毫条件反射的痕迹
干了的唐纸倏地被风吹过
在这间妖怪出没的木地板的房子里掀起波浪
我要把它卷起来做成小包
一切苦难都在心里醒来
一切悲欢都返回体内
智惠子发疯已经六年
生活的考验让我两鬓霜白
我停下双手盯着打包用的报纸出神
那上面有一张照片
面对高耸的庐山无言列队的野战炮

1938 年 8 月

柠檬哀歌

你是那么地盼望着柠檬
在悲伤 洁白 明亮的死亡之床上
从我手里拿过一个柠檬
你用美丽的牙齿一口咬开
黄玉色的香气弥漫开来
那数滴天赐的柠檬汁啊
一下让你的意识恢复了正常
你黑色澄澈的眼睛微微笑着
我能感受到握住我的手的你健康的力量
虽然有扼住你咽喉的暴风雨
但在这生命的重要关头
智惠子变回了原来的智惠子
把一生的爱倾注给了一瞬
那之后忽然
你就像过去在山巅上做过的那样 做了一个深呼吸
然后你的生命就戛然而止
在你照片前插着的樱花的阴影里
今天也放一颗发着幽凉之光的柠檬吧

1939 年 2 月 23 日

给永逝之人

麻雀如你一般黎明起身 叩窗
枕边的大岩桐像你一样默默绽放

晨风似人唤醒我的五体
你的芬芳在凌晨五时的卧室 微凉

我奋力拨开白色的床单 伸张双臂
在夏日的晨曦里迎接你的微笑

“今天是什么日子？”你悄声低语
又好像是权威似的 你肃然站立

我变成你的孩子
你变成我年轻的母亲

你还在 还在那里
你变成万物 充满了我

虽然我觉得 我不值得你爱

可你的爱 无视一切 将我紧紧包裹

1939 年 7 月 16 日

梅酒

智惠子生前酿的瓶装梅酒
十年的沉淀蕴藏着光，
如今 在琥珀杯中凝厚如玉。
一个人的早春的寒夜里，
记得喝它呀，
智惠子生前为自己走后撇下的那个人留下了这样的关照。
想到自己不久就会精神失常，
在战战兢兢的不安和悲伤里，
智惠子处理好了身边事。
七年的疯癫以死亡告终。
在厨房中找到了梅酒
我静静地品味着它的芳醇甘甜。
狂澜怒涛的世界的叫喊
也不能侵犯这瞬间。
正视一个悲伤生命的时候，
世界只是远远地包围着这一切。
夜风也停了。

1940 年 3 月 31 日

荒凉的归宅

曾经那么盼望归去的自己家
智惠子终于在死后回来了。
在十月深夜 空荡荡的画室里
我将一个小小角落拂去尘埃清扫干净，
把智惠子轻轻放下。
在这个不动的人体面前
我久久伫立。
人们把屏风倒立。
人们点烛焚香。
人们给智惠子化妆。
就这样 一切自动地进行。
天明日暮 循环始终
那里变得热闹起来，
家里被鲜花淹没，
好像谁家的葬礼，
不知不觉智惠子消失了。
我在空无一人的幽暗画室里呆立着。
外面似乎是被称作“名月”的月夜。

1941 年 6 月 11 日

松庵寺[1]

一个叫做奥州花卷的荒凉小镇上
有一座净土宗的古刹松庵寺
在秋雨萧瑟的你的忌日
举行了小小的法事
花卷小镇也经历了战火
被付之一炬的松庵寺
是仓库里设置了须弥坛的
一座二帖大小的佛堂
冷雨从身后的纸窗吹进来
沾湿了和尚的衣裾
和尚静静地虔诚地
又千篇一律地读了一篇誓文
深信佛祖而不惜生命的过去人的
那令人恐惧的告白的真实
深深打动了还活在现世的我
因着无限的笃信
为我燃尽了一生的你的生命

1 《松庵寺》以下除《短歌六首》之外，均为战后的《典型》时代所作，并未收录在1941年出版的《智惠子抄》当中。但因为这部分诗作的主题都是智惠子，故统一放在这里。

又在这松庵寺仓库御堂的佛前
一幕幕地历历重现

1945 年 10 月 5 日

报告（给智惠子）

日本完全变了。
曾经令你厌恶到浑身颤抖的
那个旁若无人的粗暴阶级
总之是已经消失了。
可是就算说完全变了，
也是源自外力的变革
（有人说这是日本的再教育。）
并不是如你那般用生命热切期待
从自身内部爆发的力量
得到的
充满生机的新世界，
所以在你面前我感到惭愧。

你才是一直在追求真正的自由。
被囚禁在无法追求自由的铁笼里
你那么热烈追求的东西，
却把你逐出这个世界的意识之外，
把你的头脑搞坏了。
我现在才真正理解了你的苦痛。
日本的外形虽然改变了，

但是向你报告没有经历过你痛苦的我们的变革

终究是一件难过的事。

1947 年 6 月 15 日

喷雾般的梦

乘着那漂亮的登山电车，
我和智惠子两人来到山顶，朝着那维苏威火山
　口里眺望。
梦境正如香料一般充满微粒
智惠子是二十来岁的浓雾，将我紧紧包裹。
在细竹筒般的望远镜的前方
山口像喷射机一样不断发射喷火。
从那望远镜里仿佛看见了富士山。
那火钵底上好像有什么有趣的东西
火钵周围的看台上挤满了人。
智惠子将富士山麓秋之七草的花束
向着维苏威火山口用力地掷下。
智惠子微亮的脸庞美丽而清净
还充满着无尽的诱惑。
燃烧着如那座山里的水一样透明的女体
我踩着不断凭靠又不断崩塌的沙子前行。
被庞贝古城的漫天香气熏得不能喘气。
直到昨天还持续着的，我对全部存在的违和感

尽然消失

在清晨五点的秋高气爽的山间小屋里我醒了过来。

1948 年 11 月

如果智惠子

如果智惠子还和我在一起
被岩手山原始的呼吸包围着
住在如今六月草木葱茏的这里，
紫萁的棉帽子已经脱落
在黄鹡鸰停在井口的山间小屋里
即将迎来今年的夏天
这悠闲季节的清晨 如果能身处此地，
智惠子会在这三叠的榻榻米房间里醒来，
伸出双臂尽情沐浴涌进室内的臭氧，
发出依旧是二十岁的声音
嗤笑一根呀十根呀的火柴，
点燃杉树的枯叶
用围炉的锅子煮美味的茶粥了吧。
摘来田里的荷兰豆
开始享受青玉色的早餐了吧。
如果智惠子还在这里的话，
奥州南部山中的一栋房子

马上就会成为真空管的构造
发出无数的强电子了吧。

1949年3月

元素智惠子

智惠子已经变成元素了。
我不信灵魂独存的道理。
而且 智惠子确实还存在。
智惠子栖居在我的血肉里。
智惠子和我紧密相连，
点燃我细胞的磷火，
和我戏耍，
敲击我，
不让我成为衰老的饵食。
精神就是肉体的别名。
住在我肉体里的智惠子，
就是我精神的北极星。
智惠子是个极好的裁判，
可是智惠子在里面睡着的时候我会犯错，
耳朵听到智惠子声音的时候我就品行端正。
智惠子只是欢喜地跳跃，
围绕着我的全身全灵。
元素智惠子现在依然
住在我的肉体里朝着我笑。

1949 年 10 月 30 日

大都市

在智惠子憧憬不已的深奥自然的正中
命运的曲折把我痛击。
命运将活生生的智惠子杀死在都市里，
把我这个都市之子放在这里。
岩手的山荒蛮 美丽又纯粹，
把我紧紧围住不肯放手。
虚伪和怠惰无法在这片土壤中生存，
我只能像自然一样只争朝夕，
将全裸投入其中前进。
智惠子死而复生，
住在我的肉身里在这里生活，
浸染在这样的山川草木里 兴奋喜悦。
无限变幻的宇宙现象，
流转不息的世代起伏，
所有这一切 智惠子都接受，
所有这一切 我都能感知。
我的心躁动不已，
人们说我是山林独居

可我在这小小的山间小屋的围炉边

一个人默想 这里是地上的大都市。

1949 年 10 月 30 日

裸体

我深深地爱着智惠子的裸体。
庄严 完满
像星宿那样肃穆
像山脉那样起伏
总是有薄薄的喷雾湿润，
那玛瑙的质地
有着幽深的光泽。
就连智惠子裸背上那颗小小的黑痣
也意味深长地留在我的脑中，
现在还在记忆的岁月里打磨的
她的全部存在都在闪烁明灭。
用我的手再一次，
重现她的形象
是自然和我的约定，
为此 我被赋予肉类，
为此 我被赋予田里的蔬菜，
以及大米 小麦和奶酪。
把智惠子的裸体留在这世间
我不久就要回归天然的怀抱。

1949 年 10 月 30 日

引路

有三叠[1]就可以睡了吧。

这个是水房。

这个是水井。

山里的水像山里的空气一样美味。

那块地有三亩，

现在是卷心菜长势正旺的时候。

这里的稀疏树林是赤杨的行列，

小屋的周围是栗子和松树。

登上山坡这里是展望台，

可以向南眺望二十里

左边是北上山[2]系，

右边是奥羽国[3]境山脉，

北上川[4]纵贯正中的平原，

那边雾霭朦胧的突起

1　叠：张、块。计数榻榻米的量词。

2　北上山：北上川东侧开阔的山地。1000米左右平坦的山峰连绵相接。

3　奥羽国：奥陆国和出羽国。日本现在的东北地区。

4　北上川：从北流经岩手、宫城两县注入追波湾的河流，长249km，发源于七时雨山附近。中下游流域一带是谷仓地带。

大概是金华山[1]冲吧。

智惠 你满意吗，你喜欢吗？

后面的连绵山峰是毒森林。

那里有羚羊奔跑 也有熊出没。

智惠 你应该会喜欢这样的地方吧。

1949年10月30日

1 金华山：宫城县牡鹿半岛东端附近的岛，面积9 km^2。其近海作为优良渔场而有名。在金华山（445m）山麓有黄金山神社。

那个时候

信任人就是救人。

智惠子从一开始就对极端不良的我

深信不疑。

一下子就跳入了我的内心

我从此告别了自己的不良。

得知我体内存在着

连我自己都不知道的什么东西

我退缩不前了。

稍微有些狼狈地重新站起，

有一天 突然间感受到了

智惠子认真而纯粹的

间不容发的接近。

从我的眼里流出了珍贵的泪水

我再次向智惠子走去。

智惠子微笑着迎接我，

那清净甘甜的香气包围了我。

我痴醉在那甜美之中忘记了一切。

甚至连我的兽性都不放在眼里

这贵为天人的一位女性 在她不可思议的力量面前

无赖的我第一次知道了自己的位置。

1949年10月30日

暴风雪之夜的独白

外面暴风雪肆虐。
这样的夜里连老鼠都不来访，
部落远远地安睡着
山里一个人都没有。
将一块大树根投进地炉里
燃起了熊熊大火。
出于六十七岁的生理原因
现在感觉轻松多了。
因为只要有情欲，
真正的工作就难以为继。
美术这件工作的深处
是需要这种无情的。
如果彻底无情 艺术当然无从谈起，
曾经沉溺于情欲 现在已经没有了的话 最好。
即便智惠子如今就出现在我面前
我们也只是大声欢笑而已吧。
从极度无情的内侧
飘来若有若无的香气

这就是那个叫做神韵的东西吧。

老朽了真是头疼呢。

1949 年 10 月 30 日

和智惠子游戏

智惠子的所在是 a 次元。
a 次元才是绝对现实。

在岩手的山里和智惠子游戏
梦幻般的生的真实。

即使法国风的平原上长满了蘑菇
智惠子的游戏也从未改变。

二合米饭是今天的过家家。
在牛的尾巴上切韭菜。

和强敌糠蚊战斗着
将生命托付给三亩旱田。

肋骨被锥子刺穿
肺气肿喷射不止的剧烈咳嗽。

造型是自然的中轴。

是这世间存在的不可或缺[1]。

一切都是智惠子 a 次元的逍遥游。

游戏时人稍微变得不那么卑微了。

1951 年 11 月

1 原文为拉丁语 sine qua non 的日语音译，意为“必不可少的事物”。

报告

这次从山里
来到你讨厌的东京一看
我出生的故乡东京
充斥着文化垃圾
连立足之地都没有。
盖了一层沥青的路面上
充满了没用的出租车
人们想去南边
却被逼着去了北边。
天空中响着爆破声，
地面上是扩音器。
用钢铁将人们的鼓膜填满
没有意志的非生产性的生物
大口大口地吃着别国淘汰的废品还洋洋得意。
你讨厌的东京
我也讨厌了。
结束了工作赶紧回山里吧，

在那片道德清净的天地里

与新鲜无比的你重逢吧。

1952年11月

短歌六首

不要以为埋头拼命工作的我是寂寞的 智惠子

人们要用“疯子”这个可怕的词来叫智惠子

松树花粉在海边漫天飞舞 智惠子成为灰喜鹊的同伴

我呕心沥血地工作而成功的极限 智惠子知道 痛切地知道

这个家里充满了智惠子的气息 不让孤身一人闭着眼的我睡觉

光太郎智惠子构筑了无与伦比的梦想 过去就住在这里

VI

典型（《暗愚小传》及其他）

家

下跪（宪法颁布）

不知道被谁背在身上了。
上野的山上一片人海，
从那人的头上我看到了。
正中央已经戒严的铺雪的道路上
两列骑兵行进过来。
不知是谁背着我，
从人缝里硬挤到了最前面。
我被放下了。
大家都要跪下。
巡查坐骑的马蹄，
在我头前踢起了雪。
几辆箱式马车经过，
稍等片刻，
插着锦旗的骑兵出现，
之后的马车上
出现了两个人的身影。
我的头那时，
不知被谁的手使劲地按了下去。

闻到了被雪沾湿的砂砾的味道。

——眼睛要烂了啊——

发髻

老爷爷剪掉了发髻。

——虽然别人很嫌弃地 “陋习啊陋习啊” 地这样说自己，

但真是不想把这发髻都剪了啊。

听理发店的阿胜这小子说，

天皇命令人人都留文明开化的短发。

无论官员和警察说啥

我都丝毫不为所动，

可一听是宫里的旨意，

我也卸下了盔甲。

武士就是警卫，

天皇才是日本的首脑。

若是宫里的特别关照 发髻也必须剪掉了啊。

因为不吉利，

我把阿胜那家伙小心翼翼地给我剪下来的发髻

远远地扔掉，回家来了。——

御前雕刻

父亲一反常态地紧张
把工作室收拾得干干净净 在印材上雕刻。
一转眼就雕好了给大家看，
也给还是小孩的我看。
樱木做的漂亮印材的边角料上
刻着一只一刀雕[1]的鹿。
父亲说 明天天皇会光临雕刻协会
接到了在御前当场雕刻的命令。
所以刚才先练习了。
父亲进了浴缸洗净了身体，
那天早晨用打火石打出了清净的火之后 出门了。
直接去觐见天皇去了。
真是不胜惶恐啊。
——请千万不要出什么洋相吧。——
母亲这么说着朝佛坛合十祈祷。
还是孩子的我等到日落
也没见父亲的身影 忐忑不安。
听到车夫“回来了”的声音
我一下子从门口飞了出去。

---

1 一刀雕：一种木雕技法。一体成型，留有雕刻痕迹的粗雕。因看似一刀刻成，故名。

楠公铜像[1]

——总之顺利完成了任务。——
父亲就说了这么一句话。
“给我看看楠公铜像的木制模型”，
天皇陛下的这句话传到了美术学校，
引起了巨大的骚动。
大家做好了万端的准备
木制模型被分解开来搬运到皇宫，
在二重桥内重新组装起来。
父亲是负责人。
天皇陛下快步来到院子里，
绕着模型仔细地观看。
因为铠甲上锹形剑的一根楔子忘了打上，
所以风一吹剑就摇摆不定。
之后才听说 父亲下了这样的决心：
如果那剑掉下来就剖腹自杀。
在堂屋的火盆前坐着
少言寡语的父亲的脸上，
不只是安心的喜悦
还有点闷闷不乐。

1 楠公铜像：吉野朝（日本南朝时期）武将楠木正成（1294—1336）的铜像。高村光云（高村光太郎之父）的代表作之一，现在坐落在皇居前的广场。

那是因为脑子里九死一生的想法还萦绕不去。

父亲是在奉献生命啊。

我之后偷偷地流泪了。

转调

专注于雕刻

日本膨胀悲剧的第一个甜头，
日俄战争 我并不太清楚。
只是旅顺口的惨剧，
日本海海战的号外，
以及小村[1]大使和维特[2]大臣的鲜明对比，
脑子里只留着这些而已。
我二十岁 待在研究科
夜以继日 心无旁骛地
醉心于雕刻的学习。
只想在与世隔绝的象牙塔里
抓住雕刻的真髓。
父亲也好学校的老师也好在我眼里都是手艺人。
我想知道手艺人之上的东西。
我用手摸索着漆黑的周围
不断探寻着全世界的雕刻。

---

1 小村寿太郎（1855—1911）：外交官。日俄战争后的朴茨茅斯会议上作为日本全权代表在讲和条约上签字。

2 维特（Sergey Yullyevich Vitte，1849—1915）：当时俄国的全权大使，政治家。

忘记了是什么时候的事情了，

想要和我聊天的啄木君[1]，

也为我这孩子气的沉迷雕刻和不问世事

深深地失望 怅然而归。

比起日俄战争的胜败

我更想了解罗丹。

巴黎

我在巴黎成人了。

第一次接触异性也是在巴黎。

第一次灵魂得到解放也是在巴黎。

巴黎从不大惊小怪

宽容地将不同种族的人类迎接入怀。

从不拒绝任何一种思考的谱系。

从不让美的任何一种异质枯竭。

好与不好 新与旧 低与高，

将所有人类范畴里存在的东西融为一体，

之后就交给事物的自净作用这种必然规律。

巴黎的魅力吸引人。

人在巴黎能得到喘息。

---

1 啄木君：指石川啄木（1886—1912），明治末期浪漫派诗人，短歌作家。

近代在巴黎兴起，

美在巴黎醇熟 萌芽

头脑的新细胞在巴黎生长。

法兰西超越了法兰西而存在

在这无底无边的世界之都的一角，

我有时会忘记了国籍。

故乡遥远渺小又小气，

就像吵闹的乡下。

我在巴黎第一次悟出了雕刻的真谛，

觉醒于诗的真实，

从那里的每个平民身上

看到了文化的由来。

我悲伤地感受到，

无论如何都存在着的

天壤之别的文化落差。

我一边怀念着 一边否定了日本的事物

日本这国家所有的一切。

反叛

不孝

我看到了神户 就像一个狭小的笼子一样。

富士山很美但很小。

在高兴得不知所措的父母面前

我在心里道歉了。

曾经被认为那么孝顺的孩子的脑子里

如今在想些什么 他们并不知道。

我变成不孝之子

是在“人”的名义上的迫不得已。

我要作为一个人生存。

在这个一切事情上都不能允许人成为人的国家，

这也只能是反叛。

父母期待的幸福家庭的梦想

会最先破灭的吧。

以后会变成什么样，

我自己也不知道。

只有会违背良风美俗这一点是肯定的。

——一副那样的表情睡着呢。——

母亲在我的枕边小声说着。

这样的爱我今后该怎么办才好？

颓废的人

雕刻油画诗歌文章，
越陷得深越啃老。
铜像运动也拒绝。
学校教师也拒绝。
相亲婚介也拒绝。
这样的话该怎么办呢。
亲戚中间也议论纷纷呢：
“那孩子真没治了。”
在铠桥的“鸿巢”[1]品着利口酒
我事不关己地醉了。
好像醉了似的喝着。
完全没有去处。
人们津津乐道地说我是个颓废的人
从不知道这样痛苦的良心的觉醒。
晚熟的青春姗姗来迟
我更加陷入不见底的深渊。

---

1 铠桥的“鸿巢”：“潘神会”（据会员光太郎说，这是以才智出众又无法捉摸的诗人、短歌作者和画家等为中心，标榜唯美主义及颓废主义的集会，时间为1908—1912年）的成员们经常光顾的店。“潘”取自希腊神话牧神潘恩之名。

一边意识着一边滑下去。

如果和天主教有缘

我肯定会抱着十字架不放吧。

但在我这个不务正业的废人眼前奇迹般出现的

并不是十字架，而是智惠子。

蛰居

在美中生存

被一个女性的爱洗净
我终于得到了自己。
虽然持续着无以名状的贫穷
但是我再一次跃入了美的世界。
与生俱来的离群索居的习惯
使我能够专注于个体的锻冶，
远离世上的纷扰。
政治 经济甚至连社会运动，
也只隐约看到影子而已。
只有智惠子和我两人
在不为人所知的生活中战斗着
在都会的正中间蛰居。
两人共筑的一个个梦想
都在我们的内部世界里。
我们研究的也是内部生命
我们积蓄的也是内部财宝。
我被美的强有力的手臂引导着
专心在雕刻的道路上日渐消瘦。

二律背反

协力会议[1]

成立了一个所谓的协力会议
说是要上达民意。
尊敬已久的人来了
某夜给我详细讲了国情的种种问题，
让我当协力会议的委员。
已经不是为突如其来的事吃惊的年纪了。
如果能上达民意的话，
想上达的事情堆积如山。
最终我当上了委员。
一旦开始运转
全部的齿轮就算不情愿也都必须活动起来。
每个人拿来的民意
到底是否能够传达到上面？
一种异样的重压
反而从上面压下来。

1　协力会议（1940.10—1945.6）：与大政翼赞会同时设立。为了大政翼赞运动的贯彻实施和国民组织的确立而设立的机关。光太郎于昭和十五年（1941）十二月成为了协力会议的议员。

协力会议成了单方面的
或被某种意志所左右的机关。
从会议室所在的五层
看到了灵庙一样的国会议事堂。
写着“灵庙一样的国会议事堂”的诗
被用红笔划掉从报社退了回来。
会议的空气令人窒息，
我内心的猛兽，
中了官僚作风的毒，
每夜都望着旷野嘶吼。

珍珠湾之日

在宣战布告之前听到的是
在夏威夷一带发生战争的事情。
终于 太平洋也开战了。
听到诏书我浑身颤抖了。
在这重大的时刻
我的头脑被兰引[1]施法，
昨天变成了遥远的过去，
遥远的过去变成了现在。

---

1 兰引：日本江户时代用来蒸馏香料和酒的器具。

“天皇很危险。”

就只这一句话

决定了我的一切。

当还是孩子时的爷爷，

父亲和母亲都在那里。

少年之时家里的云雾

笼罩了整个房间。

我的耳朵被祖先的声音填满，

他们 “陛下啊”“陛下啊” 地叫着

喘息的意识眩晕不已。

此刻除了献身别无他法。

去保护陛下吧。

抛开诗去写诗吧。

写日记吧。

尽量防止同胞的荒废吧。

我在那夜里木星闪闪发光的驹込台

只是这样认真地苦苦思索着。

罗曼·罗兰

一个人在画室的一角

深深地静静地呼吸，

一个广大世界的心

像眼泪一样把我濡湿了。

柔和 有力 温暖的手

轻轻地放在了我的肩膀上。

抬眼一看 罗曼·罗兰

此刻也正在画框里。

罗曼·罗兰的友人会。

那是学习人类的爱和尊重

灵魂的自由和崇高

志同道合的朋友们的集会。

罗曼·罗兰好像这么说了:

“——你还不打算认真考虑一下

爱国心的本质吗?

你读了那么多书,

还看不见真实吗?

还不能站在混沌之上吗?

比起现在看似认真的你

我毋宁说更爱过去的无赖的你。——”

这时候响起的警报声

立刻让我转向皇居的方向。

那力量强大 像是本能一样。

我创作出了两种颜色的诗。

一种颜色印出来,

一种颜色不印出来。

哪一种我都入迷地写着。

一边怜悯着自身愚暗的灵魂
我仍然继续记录着。

愚暗

就像是一直等着发薪水的日子似的
夜一深就出门了。
本应该治疗
心里积蓄的脓液的疼痛
双脚却迈向了郊外的酒场。
——老板，这样的话日本能赢吗？
——能赢啊。
——我不是白天被征用了嘛，怎么净听说不行了呢。
——是呀，不管怎么说还是不行呀。
——喂，那角落里的大爷，来喝一杯啊。
——齿轮加工厂也够难受的。还要跑到大阪去买切削刀。
——不能这么大声哟。那个很讨厌哦。
——老板，说真的，这样的话日本能赢吗？
——能赢啊。
凌晨两点我回家。
一边走一边撞向电线杆自爆。

战争终结

画室被烧得干干净净，
我来到了奥州的花卷[1]。
在那里我听了那个广播。
我端坐着浑身颤抖。
日本终于一丝不挂，
人心落到了最低谷。
被占领军拯救于饥饿水火，
仅仅幸免于灭亡。
就在那时天皇自己主动说，
我并不是现世的人神。
随着日子一天天过去，
从我的眼里栋梁消失了，
不知不觉六十年的重担放下了。
再一次 爷爷 父亲 母亲
都回到了遥远的涅槃之座，
我长长地出了一口气。
在不可思议的摆脱和忘却之后
只剩下了人之为人的爱。
雨过天晴的天青色
滋润着豁然开朗的心，

1 奥州：陆奥国的别称，现在日本东北地方；花卷：现属岩手县。

在此刻悠悠的空无一物里

我贪婪地享受着荒凉的美。

炉边

山林

我此刻在山林里。

与生俱来的离群索居的天性仿佛没法改变，

生活却反而得到了解放。

扎根村落社会

不久就觉得把世界和村落连接了起来。

强烈的土地的魅力将我吸引，

鼓腹击壤的人民的心情 我现在终于理解了。

美充满在天然之中

养育人拯救人。

我从来没有想过

能够拥有如此心灵安稳的日子。

因为看够了自己的愚暗，

所以对于自己功绩的任何评价都愉快地接受，

鞭策自己的千般非难也虚心听取。

如果说那就是社会规则的话

纵然是极刑我也甘愿接受。

诗自然地生长，

雕刻的欲望愈燃愈旺

每天都和古今的大家交流。
不需要勉强地用力，
可也从不懈怠踏踏实实地前进
走完了路程那一天就结束了。
绝对异于他国的日本国的骨骼
庄严地存在于山林之中。
我们国家在世界上存在的理由
也基于这副骨骼吧。
地炉里燃烧着地锦槭的枝条。
今天也谈论了烧炭人和酪农。
梅雨连绵下个不停，
插完秧后安静的房间里
杜鹃的叫声和音点点。
过去很远未来也很远。

1947 年 6 月 15 日

读完我的诗，人们赴死

炸弹落在我家的前后左右。

电线上挂着女人的大腿。

死如影随形 永远在那里。

为了把我自己从死的恐惧中救出

我拼命写下了《必死之时》。

这首诗战地的同胞读了。

人们读了它就去面对死亡。

在寄回家乡的信中写道“每天都会反复读那首诗”的

潜艇艇长 不久就和潜艇同归于尽了。

典型

今天也在下着愚直的雪
小屋像个聋子一样沉默。
在小屋里待着的是一个典型，
一个愚劣的典型。
被贯穿三代的特殊国家的
特殊伦理所锻造，
内心怀抱着逆反的秃鹫的翅膀
研磨着令人心痛的强硬的爪子
自己折断了飞翼，
被六十年的铁网所笼罩，
正襟危坐，
穷尽真理 只在一个伦理中活着的
像下个不停的雪一样愚直的生物。
如今被解放了 伸展翅膀，
看到悲哀的自己的真实，
连三列羽翼都失去，
眼里闪着暗绿色的盲点，
在四方墙壁崩塌的废墟中
即便如此也静静地呼吸着
只是面向着前方的广漠

这样一个愚劣的典型。

容纳典型的山间小屋，

掩埋小屋的愚直的雪，

雪像必须要下那样地下着，

把一切都掩盖 下了又下。

1950 年 2 月 27 日

图书在版编目（CIP）数据

柠檬哀歌：高村光太郎诗选 /（日）高村光太郎文；尤海燕译 . -- 北京：北京联合出版公司，2019.4

ISBN 978-7-5596-2946-3

Ⅰ . ①柠… Ⅱ . ①高… ②尤… Ⅲ . ①诗集 — 日本 — 现代 Ⅳ . ① I313.25

中国版本图书馆 CIP 数据核字 (2019) 第 036751 号

柠檬哀歌：高村光太郎诗选

作　　者：[日] 高村光太郎
译　　者：尤海燕
策 划 人：方雨辰
策划编辑：陈希颖
特约编辑：简　雅　成逸洁
责任编辑：楼淑敏
封面设计：尚燕平

北京联合出版公司出版
（北京市西城区德外大街83号楼9层　100088）
北京联合天畅文化传播公司发行
山东临沂新华印刷物流集团有限责任公司印刷　新华书店经销
字数112千字　880毫米 × 1230毫米　1/32　7印张
2019年4月第1版　2019年4月第1次印刷
ISBN 978-7-5596-2946-3
定价：49.80元